KB267264

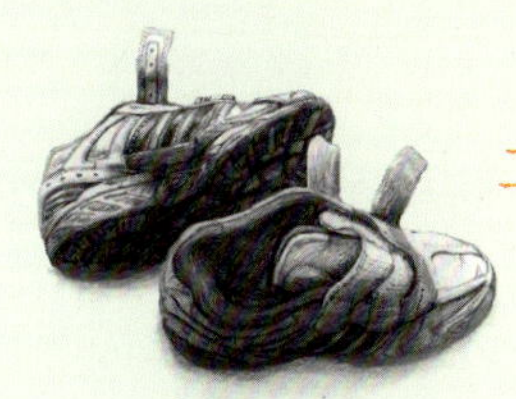

그래도 난 너를 사랑해

그래도 난 너를 사랑해

초판발행 2012. 11. 8. | 초판2쇄 2014. 7. 1.

지은이 홍새나 | 일러스트 장차현실

펴낸이 김광우 | 편집 최정미 | 디자인 박솔 | 영업 권순민, 이은경, 허진선

펴낸곳 知와 사랑 | 서울시 영등포구 선유동1로 50. 908호

전화 (02)335-2964 | 팩스 (02)335-2965 | 이메일 jiwa908@chol.com

등록번호 제10-1708호 | 등록일 1999. 6. 15.

ISBN 978-89-89007-69-2 (03800)

값 12,000원

www.jiwasarang.co.kr

이 도서의 국립중앙도서관 출판시도서목록(CIP)은 e-CIP홈페이지(http://www.nl.go.kr/ecip)와 국가
자료공동목록시스템(http://www.nl.go.kr/kolisnet)에서 이용하실 수 있습니다.
(CIP제어번호 : CIP2012004972)

그래도 난 너를 사랑해

특별한 아이를 키우며
알게 된 새로운 세계

홍새나 지음

知와 사랑

마음이 따듯해지는 경험을
함께 나누고 싶습니다
님께 드림

이 책을
진한이의 동생으로
형의 마음을 가지게 된
영한이에게 바친다.

차례

너와 함께 가는 길

내 행복이 네게 느껴지길

우리 폭죽을 터뜨리자

지금 그 모습 그대로

추천사
특별한 메시지

어떤 사람이 이탈리아로 여행을 가려고 이탈리아에 적합한 짐을 챙겨 비행기를 탔는데 착륙지는 이탈리아가 아닌 알래스카의 어느 공항이었다. 이는 장애가 있는 아동을 맞이하는 부모의 당혹감을 표현한 이야기라고 한다.

먼 별나라에서 부모를 찾아온 아이가 어떤 아이인지 모르고 부모들은 그들을 맞이한다. 아이의 내면에는 신비한 신의 메시지가 담겨 있기 때문에 그것을 읽어내는 것은 쉬운 일이 아니다. 그러나 분명 장애를 갖고 태어난 아이들이 전해주는 특별한 메시지가 있으며 우리는 그것을 들으려 귀 기울여야 한다.

장애아동과 수십 년 인연을 맺고 살아가며 최근에 나 자신이 과연 진심으로 부모님을 이해하고 있는가 하는 의문이 생겼다. 많은 부모님들은 장애가 있는 자신의 아이가 어느 날 번

개라도 맞아 180도 다른 아이로 돌아올 것이라는 기대를 갖고 산다고 한다. 장애아동을 둔 부모들은 마치 구렁이 신랑처럼 어느 날 아이가 장애라는 껍질을 벗어던지고 멋진 신랑의 모습으로 돌아오길 기대하며 사는 경우가 많다.

장애아동을 키우는 부모님들에게 그것은 이루어지기 힘든 희망에 불과하므로 아이의 장애를 직시하라는 교사들의 요구는 어떤 면에서 그런 부모님들의 희망을 꺾는 일이며 기대를 저버리는 행위다.

그러나 현실을 직시하지 않으면 아이를 위한 교육을 제대로 할 수 없다. 장애를 있는 그대로 이해하고 받아들이는 데서 교육과 보육이 시작되며 그러한 과정을 통하여 희망과 기대를 가져야 하는 것은 두말할 나위 없는 사실이다. 여기에 그런 이야기가 담겨 있다. 아이의 문제를 직시하고 그것을 받아들이는 조용한 혁명의 과정이 그려져 있다. 읽어 내려갈수록 가슴이 뜨거워지고 청년 진한이의 사랑스러움에 절로 미소가 지어지는 엄마와 아들의 성장일기이다.

저자 홍새나 선생님으로부터 진한이를 키운 경험을 듣기 위해 우리 슈타이너학교 부모교육에 강사로 초빙했다. 선생님의 강의에서 우리 부모님들은 그동안의 어느 부모교육보다도 뜨거운 관심과 열정을 보았으며 늦은 시간까지 질의응답이 계속되었다. 홍새나 선생님은 함께 아픔을 느끼고 용기를 주는 주

옥같은 이야기, 진한이를 키워낸 소중한, 그러나 결코 만만치 않은 아픔과 시련의 경험 보따리를 덤덤하게 풀어 주었다. 좀 더 깊은 이야기를 나누게 되면서 그동안 양육과정에 대한 이야기를 기록한 것이 있으며 세상에 내놓을 준비를 하고 있다는 것을 알게 되었다.

이렇게 소중한 이야기가 한 권의 책으로 묶여 세상에 나오게 된 것이 기쁘고 다행스럽다. 이 이야기는 장애아동을 양육하는 부모뿐 아니라 교사, 특수교사에게도 우리의 동반자인 부모님을 이해하고, 자신을 돌아보는 귀한 기록임이 틀림없다. 긴 터널을 지나온 홍새나 선생님과 진한이의 이야기는 터널 속에 갇혀 있는 모든 사람에게 조금만 더 가면 밝은 세상이 있다는 것을 보여주는 길잡이이자 희망의 메시지라고 믿는다.

캠프힐 마을 대표
김은영

캄캄한 터널을 지나서

공원에서 자주 만나는 한국 할머니 한 분이 어느 날 내게 아이가 몇이냐고 물으셨다.

"아들만 둘이에요."

"그래요? 몇 살이에요?"

"막내는 이번에 대학에 가고 큰 아이는 나이가 많아요. 이제 내일 모레면 스물아홉이네요."

"그럼 그 아이는 벌써 대학도 졸업했겠네."

"그런데, 장애가 있어서요. 스물두 살까지 고등학교에 있는 특별 프로그램에 있다 졸업하고 지금은 파트타임으로 일을 하고 있어요."

"무슨 장앤데요?"

"지적장애요."

"어머 그래요… 일을 하는 걸 보니 심하지는 않은가 보네."

"신체장애도 없고 겉으로 보기엔 괜찮은데 지적장애는 좀 심한 편이에요."

"그런데도 얼굴이 밝으시네요. 나는 볼 때마다 재미있는 일이 많은가 보다라고 생각했었어요."

"어렸을 때는 힘들었죠. 그런데 지금은 괜찮아요. 직장에도 나가고 집안일도 돕고요. 워낙 순하고요…."

할머니는 내가 그렇게 말을 해도 여전히, 그런 상황에 웃는 얼굴을 하기는 어렵겠다는 표정을 지으셨다. 흔히 장애아를 둔 부모를 보고 세상에 웃을 일이 있을까라는 생각을 하기 쉽다. 다른 사람들뿐 아니라 그 부모 자신도 그렇게 생각할지도 모른다.

언젠가, 한국 인터넷 사이트에서 뇌성마비 아이를 둔 아버지가 그 아이를 데리고 죽을 수 있었으면 좋겠다고 쓴 기사를 읽은 적이 있다. 나는 그 아버지의 마음을 너무나도 잘 알 것 같았다. 나도 진한이가 어렸을 때는 그런 생각을 하면서 살았다.

그런데 언제부턴가 마치 캄캄한 터널을 지나 내가 생각지도 못했던 밝고 아름다운 세상에라도 내린 것 같은 느낌이 들었다. 내가 진한이를 키우는 일이 그런 일이라는 것을 누군가 미리 알려주었더라면 좋았을 걸. 그래서 내가 책을 쓰게 되었다.

장애아를 키우는 일은 해보지 않은 사람은 상상할 수조차 없을 정도로 힘이 드는 일이다. 나 역시 진한이보다 훨씬 심한 장애가 있는 아이 부모의 어려움을 아무리 이해하려고 해도 할 수가 없을 것이다.

진한이는 어렸을 때 지적장애에 심한 주의력결핍 과잉행동 장애까지 있어 더 힘들었다. 그때는 아이를 밤에 재우고 나면 '오늘도 하루가 지났구나. 내일 하루는 또 어떻게 지내나'라는 생각으로 눈물이 나곤 했다. 그리고 아이의 장래를 생각하면 더 앞이 캄캄했다. 앞날이 걱정스러워서이기도 하고, 그래도 무슨 희망이라도 있나 싶어 나는 진한이의 특수학급 교사나 의사에게 아이가 자라면 도대체 어떤 사람이 되는지 물어보곤 했다.

아무리 힘든 일도 희망을 가지고 있으면 못해낼 것이 없다. 꼭 장애아를 키우는 일이 아니어도 누구든 살면서 크고 작은 어려움들을 피할 수 없다. 우리는 순풍에 돛 단듯 그렇게 평생 을 살기를 원하지만 어쩌면 여러 가지 도전을 극복해 가면서 자신의 부족한 점들을 메꿔 가는지도 모르겠다.

나는 갓난아이인 진한이를 안고 미국에 와서 스물아홉 해를 미국에서 살게 되었다. 아직 여전히 완전한 미국사람도 아닌 것 같고, 한국에 가면 이젠 완전한 한국사람도 아닌 것 같다. 아마 그렇게 이방인으로 평생을 살 것 같다. 그걸 서글프다고 생각하는 사람도 있지만 나는 다른 사람이 보지 못하는 세상을 보는 것 같아 그 재미를 즐기고 있다.

장애아의 부모가 되는 것도 이와 마찬가지일지도 모르겠다. 그것은 익숙한 세상을 떠나 미지의 세계로 떠나는 모험을 시작하는 일이다.

내가 미국에 살면서 경험한 것들, 그리고 진한이를 키우며 알게 된 새롭고도 아름다운 세상을 이 책에 담았다. 이 책이 장애아의 가족들에게 조금이라도 힘이 되었으면 좋겠다.

부족한 이 글이 책으로 나올 수 있도록 그동안 읽고 격려해준 가족들과 친구들에게 뭐라고 감사를 드려야 할지 모르겠다. 오랫동안 이 글 하나하나를 사랑과 정성으로 읽어주신 황재군 선생님과 김승자 선생님, 그리고 출간을 도와준 지미정 선생님에게도 감사를 드린다. 영혼이 깃든 아름다운 일러스트를 그려주신 장차현실 화가께도 고마운 마음을 전한다.

2012년 10월 보스턴에서
홍새나

너와 함께 가는 길

사람들은 하늘을 나는 일이 불가능하다고 여겼지만 그 꿈을 이루려
고 노력한 사람이 있어 꿈이 이루어졌다. 장애가 있는 아이를 데리
고 넓은 세상으로 나가는 일도 마찬가지라고 믿는다.

사랑의 묘약

얼마 전 한국에 있는 친척이 아기에게 모유를 먹이려고 했는데 결국은 포기하고 말았다는 얘기를 뒤늦게 듣고 안타까웠다.

나는 모유 먹이기의 열렬한 옹호자인데, 그렇게 된 계기가 있었다. 많은 사람들이 상식처럼 모유가 좋다고는 생각하지만 안 먹여도 별 탈이 없는 것쯤으로 여긴다. 그런데 아기가 모유 대신 우유를 먹고 심각한 문제를 일으킬 수도 있다는 사실은 모르고 있는 것 같다. 진한이가 그런 아기 중의 하나였다.

진한이는 29년 전 한국에서 태어났다. 그때는 진한이에게 장애가 있다는 것을 알지 못했고 유난히 보채는 아기인 줄로만 알았다. 나는 진한이에게 모유를 먹이고 싶었지만, 그 당시만 해도 종합병원에서는 퇴원할 때까지 신생아실에서 우유를 먹였다. 집에 와서 모유를 먹이려고 했는데 아기와 씨름을 하다 결국은 포기하고 말았다. 그때는 아기가 우유를 소화시키지 못하리라는 것은 생각도 하지 못했다. 진한이는 신생아 때부터 잠도 제대로 자지 않고, 밤이고 낮이고 울었으며, 배에는 늘 가스가 차 있고 설사를 했다. 소아과에서는 소화를 잘 못시키는 것 같으니 우유병의 젖꼭지를 작게 하여 한꺼번에 너무 많이 먹지 않도록 하라는 처방을 내렸다. 당시 한국에는 우유를 소화시키지 못하는 아기를 위한 두유나 특수조제분유 같은 것이 없었으므로 별다른 대책이 없었다.

생후 한 달이 지났는데도 진한이는 체중이 제대로 늘지 않아 예방접종을 할 수가 없었다. 그래도 조금씩은 나아져서 진한이가 백일이 되었을 때 미국에 오게 되었는데, 우유 대신 두유를 먹이기 시작하니 체중이 정상적으로 늘기 시작했다. 우유는 건강한 정상아에게는 별 탈이 없지만 발달이 미숙한 아기들에게는 문제를 일으킬 수 있다는 사실을 나중에야 알게 되었다. 두유가 우유보다는 낫지만 소화기능이 부족한 아이에게는 두유보다 더 나은 것이 모유라는 것도 뒤늦게 알았다.

모유에 들어 있는 아밀라아제라는 효소는 아기의 소화를 도와줄 뿐 아니라 미숙한 상태의 소화기관을 성숙하게 만드는 역할까지 한다고 한다. 그래서 모유를 먹고 자란 아기는 6개월쯤 되어 이유식을 하게 되면 여러 가지 음식을 문제없이 소화할 수 있게 된다.

또 한 가지, 모유에는 우유에는 첨가하기 힘든 성분들이 있

다. 아기에게 모유를 먹이게 되면 엄마의 몸에 프로락틴과 옥
시토신이라는 호르몬이 생성된다. 아기는 모유를 먹으며 엄마
로부터 그 호르몬들도 받게 된다. 프로락틴과 옥시토신은 엄
마와 아기에게 긴장을 풀어주고 기분이 좋아지는 작용을 한
다. 그뿐 아니라, 이 호르몬들은 아기와 엄마의 유대관계를 더
없이 강하게 만들어주는 아주 중요한 역할을 한다.

산모가 젖을 먹일 때 프로락틴과 옥시토신이 생성되는 것은
어린 아기를 사랑하며 잘 키우게 하기 위한 조물주의 조화인
가 보다. 엄마가 젖을 떼면 아기보다 엄마가 더 섭섭하다고 하
는 것도 이 호르몬 때문이다. 이 호르몬 때문에 엄마는 밤잠도
제대로 못 자면서도 젖을 먹이게 된다.

이런 이유 때문에라도 장애가 있는 아기에게는 모유를 꼭
먹여야 한다. 장애가 있는 아이와 엄마 사이에는 건강한 유대
관계가 형성되기 어렵다. 엄마는 장애가 있는 아이로 인해 스
트레스를 많이 받고, 아기가 눈을 맞추는 등의 반응을 하지 않
으니 아기에게 애정을 덜 갖게 되기 쉽다. 엄마뿐 아니라 아기
도 애착형성을 위한 발달이 늦어질 수 있다. 아이의 애착형성
은 아기의 생존을 위해 필수적이며 정서적, 지적 발달을 위한
바탕이 된다.

모유가 이렇게 좋긴 하지만 처음 며칠간 그것에 익숙해지는
과정은 쉽지 않다. 옛날 우유가 없었던 우리 할머니 세대에는

선택의 여지가 없었으므로, 모유 먹이기가 힘들다고 해서 선뜻 포기하지는 않았을 것이다. 그런데 요즘은 모유를 먹이려는 산모도 우유병은 항상 대기시키고 있다. 그래서 조금만 힘들면 얼른 아기에게 우유를 먹인다.

모유는 처음에는 어려운 것 같아도 며칠간 그 방법을 익히기만 하면 그렇게 쉽고 편리할 수가 없다. 우유병을 소독할 필요도 없고 데울 필요도 없이 모유는 언제 어디서든 적당한 온도로 준비되어 있다.

나는 진한이가 우유를 소화시키지 못해 고생을 했기 때문에 둘째인 영한이에게는 꼭 모유를 먹이려고 노력했다. 임신했을 때부터 도서관과 서점에 있는 모유 먹이기에 관한 책은 거의 다 읽었다고 해도 과언이 아니다. 그리고 미국의 병원에는 모유 먹이기의 전문가인 락테이션 컨설턴트lactation consultant가 있어 아기를 낳고 난 뒤에도 많은 도움을 받았다.

모유는 어떤 아기에게나 먹일 수 있다고 한다. 미숙아거나 장애아거나, 믿기 어렵지만, 입양한 아이까지도 말이다.

아기에게 장애가 있는 경우, 모유 먹이는 일이 더 어려울 수 있다고 한다. 발달이 미숙한 아기는 젖을 빠는 힘도 약하고 쉽게 지치기도 한다. 하지만 인내심을 가지고 아기에게 맞는 수유자세를 찾으려고 노력하면 어떤 아기든 모유를 먹을 수 있게 된다. 아기가 젖을 빠는 일은 "젖 먹는 힘까지 다해서"라는 표현처럼 쉽지는 않다. 하지만 그렇기 때문에 아기에게 필요한 발달을 촉진시키는 역할을 한다. 구강근육이 잘 발달되지 않은 아기에게 젖 빠는 것보다 더 좋은 활동은 없다. 구강근육의 발달은 언어발달과도 깊은 관련을 갖게 된다. 그뿐 아니라, 아기가 젖을 빠는 일은 온몸의 신경조직을 재편성하는 역할까지도 한다고 한다.

모유는 먹여도 그만 안 먹여도 그만인 것이 아니다. 아기를 위한 조제우유는 아무리 과학이 발달해도 조물주가 만든 모유만큼 완벽하지 않다. 모유는 건강한 아기는 더 건강하고 총명하게 해주며, 장애가 있는 아기에게는 미숙한 부분의 발달을 도와준다. 그리고 아기와 엄마의 관계를 더없이 돈독하게 해주는 사랑의 묘약이다.

아무리 힘든 아이라도
그것은 아이가 가지고 태어난 기질 때문이지
다른 사람을 괴롭힐 마음으로
그러는 것이 아니라는 것을
기억해야 합니다

지나치게 부산한 아이

주일 미사에 갔더니 앞에 앉은 아이가 얼마나 부산한지 정신을 쏙 빼놓았다. 미국 성당은 한국과는 달리 어린이 미사가 따로 없고, 가족이 함께 와서 미사를 드리기 때문에 어떤 미사에 가든지 아이들을 만나게 된다. 한 세 살쯤 되어 보이는 이 아이는 처음엔 누나와 엄마, 아빠 사이를 왔다갔다 하더니, 조금 있다 의자를 오르락내리락하다 넘어져서 머리를 찧고, 아이구머니! 의자 밑으로 기어 어느새 내 자리까지 왔다. 그리고는 가족을 이탈해서 달아나는 걸 아이의 엄마가 붙드니, 그만 바닥에 벌렁 누워 울기 시작했다. 엄마가 아무리 애길 해도 일어나지도 않고 울음을 그치지도 않았다. 할 수 없이 아이의 아빠가 그 아이를 안고 밖으로 나갔다.

　우리 가족은 미사도 제대로 못 보고 그 아이에게로만 신경이 쏠릴 수밖에 없었다. 진한이는 워낙 아이들을 좋아해서 연신 귀엽다는 표정으로 쳐다보고 있더니, 급기야는 '이건 너무 심한데'라는 표정을 지었다. 그러는 진한이를 보며 나는 '지금은 그렇게 점잖게 있지만, 너도 그만할 때 더하면 더했지 덜하지는 않았어'라는 생각이 들어 빙그레 웃었다.

진한이를 어른이 된 다음에 알게 된 사람들은 아무도 믿지 않지만, 진한이는 어렸을 때 주의력결핍에 심한 과잉행동장애까지 있어 부산하기가 이루 말할 수 없었다. 물론 지금도 주의력결핍 증상은 어느 정도 남아 있지만 과잉행동 증상은 없어졌다. 주의력결핍 증상이 있다고 반드시 과잉행동 증상이 함께 나타나는 것은 아니지만 요즘은 보통, 이 두 가지를 함께 묶어 주의력결핍 과잉행동장애라고 쓴다. 이 이름은 한국어로도 길지만, 영어로도 Attention Deficit Hyperactivity Disorder라고 어찌나 긴지, 그 줄임말로 통상 미국에서도 한국에서도 ADHD라고 한다. 그리고 요즘은 과잉행동이 없는 주의력결핍장애도 H를 빼지 않고 그냥 ADHD라고 흔히들 쓴다.

미사 시간에 의자 밑으로 기어 나와 달아나던 그 아이는 아직 어린 데다, 미사 시간이라는 아주 단편적인 상황에서만 보았기 때문에 그 아이에게 ADHD가 있다고 말할 수는 없다. 아이들이 어릴 때는, 특히 남자아이들 중에는 유난히 부산한 아이가 더러 있긴 해도 대체로 나이가 들면 그 활동량이 줄어든다.

진한이도 그런 아이인 줄만 알고 있었는데, 나중에 알고 보니 ADHD에 지적장애까지 있었다. 나는 진한이에게 장애가 있을 거라고는 생각도 못했지만 막연히 뭔가 이상하다는 불안감은 늘 있었다. 그래서 아이를 키워본 경험이 있는 분들에게 '뭐가 잘못된 것은 아닐까요'라고 물어보곤 했는데, 모두 한결같이 "늦되는 아이도 있어요. 좀 기다려 보세요. 괜찮아질 거예요"라고만 하였다.

진한이가 3살 때, 어느 날 서점에서 우연히 책 하나를 발견하게 되었다. 『다루기 힘든 아이*The Difficult Child*』의 *Difficult*라는 단어가 색색깔로 강조되어 있는 그 책 제목을 보는 순간, '그래 바로 진한이야'라는 생각이 들어 그 책을 집어 그 자리에 서서 읽기 시작했다.

아이들 중에는 너무나 다루기가 힘이 들어서 온 가족 전체가 그 아이로 인해 고생하는 경우가 있습니다. 하지만 대부분의 경우, 그 아이는 항상 그렇게 힘든 것은 아니고, 같은 상황에서도 그럴 때도 있고 아닐 때도 있고, 어떨 때 부면 괜찮은 것 같기도 합니다. 그런데 어린아이들 중, 아래와 같은 경우는 단순히 힘든 아이가 아니고 과잉행동장애가 있을 수도 있으니 진단을 받아보는 것이 좋습니다.

어디에 있든지 지나치게 부산해서, 한마디로 잠시도 가만

히 있지 못하고, 목적이 없이 마구 움직이며, 닥치는 대로
주위에 있는 것을 만지고, 거의 모든 일에 집중을 하지 못
하고, 지시하는 것을 따르지 않고 다른 사람을 방해할 때,
그리고 지나치게 분주한 아이들 중에는 언어발달, 학습
장애, 근육운동의 문제 등이 같이 나타날 수도 있습니다.
이런 경우, 올바른 진단을 받아 적절한 치료를 받아야 합
니다.

이 책을 읽고 나는 진한이를 한국으로 데리고 갔다. 미국에
살면서 한국으로 갔던 이유는 우선 심리적으로 그 상황을 감
당할 수가 없었기 때문이다. 진한이는 세 살 때 한국에 가서,
그곳 소아정신과 의사로부터 ADHD라는 진단을 받고 리탈린
이라는 약을 복용하기 시작했다.

미국에 돌아와 다시 소아발달 전문의를 만났더니, 진한이는
ADHD뿐 아니라 지적장애까지 있다고 하였다. 하지만 미국의
의사들은 한국에서 가지고 온 리탈린의 처방전을 보고 깜짝
놀라며 진한이가 너무 어려서 그 약을 줄 수 없다고 했다. 더
욱이 그렇게 복용량이 높은 처방전은 말이 안 된다고 했다. 초
등학교에 들어가 꼭 학습에 필요하면 그때 다시 생각해보자고
하면서. 그런데도 나는 리탈린을 먹여 보니 진한이가 차분해
지는 것 같아, 그 약을 달라고 사정을 해서 한국에서 가지고 온

처방전의 반 정도를 먹이게 되었다.

그렇게 복용하게 된 리탈린은 시간이 지나면서 부작용이 나타나기 시작했다. 진한이는 그 약을 먹은 뒤로 식욕이 현저하게 줄고, 잠을 잘 자지 못했으며, 차분하다 못해 우울해져서 그렇게 잘 웃던 아이가 이유 없이 자주 울곤 했다.

진한이가 유치원에 들어가게 되자 나는 특수교육 석사과정을 시작했고, ADHD에 특별한 관심을 가지고 공부를 하게 되었다. 그러면서 진한이에게 리탈린을 먹이는 것이 해결책이 아니라는 생각이 들었다. 아이들 중에는 리탈린과 같은 약물치료로 학습능력이 증가되는 경우도 있지만, 어린아이들에게는 두뇌나 신체발육에 해가 될 수도 있다고 하는 의사도 있었다. 그래서 약물에만 의존하기보다는 부모와 교사, 그리고 주변 사람들이 그 아이의 장애를 잘 이해하도록 노력하고, 그 아이의 학습특성에 맞추어 교육하는 것이 더 효과적이라는 것이다.

진한이가 초등학교 2학년일 때부터 나는 리탈린을 끊고 여러 가지 다른 방법들을 시도해보았다. 약을 끊고 나니, 진한이가 너무 어수선해졌다고 약을 다시 먹이라고 하는 학교 교사도 있었지만, 대부분의 교사들이 진한이에게 맞는 학습환경과 방법을 배려해주었다.

약물 복용을 중단하고 내가 시도한 방법들 중 또 다른 하나는 식이요법이었다. ADHD가 있는 아이들을 위한 식이요법은 어느 교육학 교과서나 육아책에 나올 정도로 많이 알려져 있지만, 그 효과에 대해서는 과학적으로 증명되지 않았다. 그래도 나는 물에 빠진 사람이 지푸라기라도 잡는 심정으로 식이요법을 시작했다. 인공첨가물, 색소, 방부제, 설탕을 먹이지 않고, 되도록 건강한 자연음식을 먹였다.

ADHD가 있어 심하게 부산한 아이들도 ADHD 장애가 없는 다른 아이들처럼 나이가 들어갈수록 부산한 행동이 줄어든다. 특히 사춘기가 가까워지면 눈에 띄게 달라진다. 진한이가 10살일 때 동생 영한이가 태어났는데, 그때까지도 길을 걸을 때 사방으로 뛰어다녀서 손을 잡지 않으면 안 되었다. 그런데 영한이가 태어난 후 나는 진한이의 손을 잡지 않고 영한이의 유모차를 밀 수 있게 되었다. 이렇게 진한이의 과잉행동이 줄어들기 시작하더니, 만 15살쯤 되자 진한이는 집에 있어도 있는지 없는지도 모를 정도로 차분해졌다.

하지만 대부분의 경우, 주의력결핍의 성향은 어른이 되어서도 없어지지 않는다. 과잉행동도 어른의 형태로, 예를 들면 에너지가 지나치게 많다거나 쉬지 않고 말을 한다거나 의자에 가만히 앉아 있지를 못한다거나 하는 식으로 나타난다.

지나치게 부산한 아이라고 해서 모두 ADHD가 있는 것은 아니다. 하지만 언제 누가 보아도 이 아이는 심하다는 생각이 들거나, 언어나 학습능력까지 많이 지연되고 있다면 반드시 전문가의 진단을 받아보아야 한다. 그리고 ADHD가 있는 아이 중에는 학습장애나 진한이처럼 지적장애가 있는 경우도 있긴 하지만, 대부분의 경우 지적능력은 정상이며, 그 중에는 영재나 천재도 있다.

『다루기 힘든 아이』라는 책을 쓴 정신과 의사 스텐리 튜렉키Stanley Turecki는 단순히 힘든 아이든 ADHD가 있는 아이든 부모와의 관계에 문제를 일으킬 가능성이 높다고 했다. 힘든 아이를 키운 부모이기도 한 그는 부모들에게 이렇게 당부를 한다.

> 아무리 힘든 아이라도, 그것은 아이가 가지고 태어난 기질 때문이지 다른 사람을 괴롭힐 마음으로 그러는 것이 아니라는 점을 기억해야 합니다. 물론 쉽지는 않지만 아이의 행동을 감정적으로 받아들이지 말고, 아이를 이해하도록 노력하며, 이성적으로 상황을 다루어야 합니다. 그렇다고 모든 행동을 수용하고 받아주라는 것은 아닙니다. 단호하면서도 친절하고 일관성이 있는 지도자와 같은 부모가 되어야 합니다.

내가 진한이를 키우며 알게 된 ADHD의 관리법을 요약하면 다음과 같다.

- 생활을 규칙적으로 할 수 있도록 계획하고 관리한다.
- 행동에 대해서 명확하게 규율을 정하고 그 결과에 책임을 지도록 한다.
- 가능하면 벌보다는 칭찬과 격려를 받을 수 있는 기회를 많이 만들어준다.
- 가만히 있지 못하는 그 에너지를 발산할 수 있도록 아이가 좋아하는 운동을 선택하여 정기적으로 할 수 있게 한다.
- 스트레스를 많이 받을 가능성이 크므로 요가 등을 하게 하여 긴장을 풀어준다.
- 집안 일을 돕는 등 책임감을 기를 수 있는 기회를 만들어준다.
- 건강한 음식을 먹고 충분한 수면을 취하도록 한다.
- 흥미를 가지고 할 수 있는 것을 골라 잘할 수 있도록 도와주어 성취감을 느끼고 자신감을 얻도록 도와준다.
- 사회성 기술을 익혀 다른 사람들과 원만하게 어울리도록 한다.
- 아이를 맡은 교사의 고충을 이해하고, 그럼으로써 아이를 이해시키도록 한다.

ADHD가 있는 아이가 삶에 뜨거운 정열을 가지고 독창적이며 개성 있는 사람이 되느냐, 아니면 가정과 사회에 짐이 되는 사람이 되느냐는 어쩌면 부모에게 달려 있을지도 모르겠다.

자폐증에 대한 희망적인 소식

자폐아의 수가 급증하고 있다. 하지만 한편으론 희망적인 소식도 들린다. 그 수가 크게 늘어나는 이유 중 하나가, 그동안 사회인식이 발달하여 정도가 심하지 않은 아이들도 그 범주에 들어가기 때문이라고도 한다. 게다가 자폐증은 조기에 발견하여 적절한 치료를 받으면 다른 장애에 비해 예후도 좋다.

현재 자폐증으로 진단을 받는 평균 연령은 만 3세이며, 심하지 않은 경우에는 아동기가 되어서야 발견되기도 한다. 하지만 유아기에도 자세히 관찰하면 그 특징이 나타난다. 자폐증의 가장 두드러진 특징은 다른 사람과의 관계를 맺는 행동을 하지 않는다는 것이다. 자폐증이 있는 아이는 유아기부터 안기는 것을 싫어하거나 시선을 맞추지 않으며, 사람을 물건 대하듯 하기도 한다. 증상이 심할 경우, 마치 청각장애가 있는 것처럼 이름을 불러도 반응을 하지 않고, 시각장애가 있는 것처럼 바로 앞에 있는 사람을 쳐다보지도 않는다. 그리고 몸을 앞뒤로 흔들거나 손을 자기 얼굴 앞에 대고 펄럭거리는 등의 비정상적인 반복행동을 계속한다. 언어발달은 지연되기도 하지만 정상적인 것처럼 보일 수도 있고, 초기에 정상적으로 발달하다 중단되기도 한다. 자폐증 증상이 심하지 않은 경우, 다른 아이를 키워 본 경험이 없는 첫 아이의 부모는 그 특징들을 지나치기가 쉽다. 소아과 의사들조차 병원을 방문했을 때 잠깐 동안만 아이를 보기 때문에, 부모가 이런 특징을 문제로 지적하고 나서야 알게 되기도 한다.

나는 지난 10년간 프리스쿨(만 2세-5세까지의 학교) 교사를 했는데 우리 반에서 자폐증이 있는 아이가 네 명이나 발견되었다. 요즘 자폐아의 수가 급증한다고는 하지만 다른 학급에 비해 비율이 아주 높은 편이어서, '아무래도 나는 장애아와 인연이 있나 보다'는 생각이 들었다. 네 아이 모두 그 가정의 첫 아이였고, 부모들은 막연히 힘들고 불안하다는 생각을 하며 아이를 학교에 데리고 왔다. 그 중 두 아이는 언어발달이 정상처럼 보였고(그렇지만 정상적인 아이들과 다른 특징이 있다는 것을 나중에 설명하겠다), 두 아이는 언어발달이 지연되어 있었다.

매스컴에 천재적인 능력을 가진 자폐아가 방송되곤 하지만, 자폐증이 있는 아이의 지적능력은 심한 지적장애에서부터 영재에 이르기까지 큰 차이가 있다. 지적능력이 정상이거나 영재인 경우 자폐증 진단은 더 늦어질 수 있지만, 이런 아이는 일찍 발견하여 적절한 치료를 하면 경과가 아주 좋다.

우리반의 헨리가 그런 경우다. 헨리가 처음 학교에 들어왔을 때 우리는 모두 그 아이가 영재인 줄 알았다. 그때 생후 2년 9개월밖에 안 되었는데, 학교 벽에 쓰여 있는 문장들을 혼자 읽고, 천까지 숫자를 세었다. 그뿐 아니라, 돼지를 만화가처럼 잘 그렸다. 처음부터 늘 교실 한구석에서 혼자 돼지를 그리거나 숫자나 글을 쓰며 보냈지만 '천재성이 있어 그런가 보다'라고 여겼다. 헨리는 교사를 비롯하여 어른들과는 말도 하고 미소를 띠기도 했지만, 다른 아이들과는 놀지 않았다. 하지만 그 나이의 아이들은 친구가 옆에 있어도 평행놀이를 하는 경우가 많아 그 행동을 문제로 삼지 않았다. 평행놀이는 보통 만 2-3세 아이에게서 나타나는 행동으로, 옆에 있는 아이에게 흥미를 가지고는 있지만 각자 놀이를 하는 것을 말한다. 더구나 남자아이들은 여자아이들에 비해 친구보다는 레고놀이나 자동차 같은 장난감에 더 열중하는 경향이 있다.

　헨리도 그런 아이들 중 하나라고 생각하고 있었는데, 어쩌다 헨리가 교실 안을 걸어다니게 되면 마치 불도저가 지나가는 것처럼 소동이 일어났다. 헨리는 걸어다니면서 교실에 있는 아이들을 밀어 울게 했다. 아이들이 밀고 싸우는 것은 으레 있는 일이지만, 헨리가 하는 행동은 다른 아이와는 달랐다. 헨리는 다른 아이와 놀다가 미는 것이 아니라 마치 지나가는 길에 있는 물건을 치우듯 했다.

헨리는 그 나이 또래에 맞게 말을 하는 것 같았지만, 말하는 방법이 다른 아이들과는 달랐다. 말에 억양과 감정이 없이 모노톤이었으며, 말을 할 때 상대방의 얼굴을 보거나 눈을 맞추지 않았다. 그리고 때때로 앵무새처럼 똑같은 말을 열 번 혹은 스무 번이나 반복했다. 또 눈이 오는 날에는 놀이터에 나가지 않겠다고 소리를 지르며 울었다. 헨리는 눈 밟는 것을 싫어해서 놀이터에 갈 때마다 안고 가서 눈이 없는 지붕 밑에 내려놓아야 했다.

헨리는 언어와 인지발달에는 문제가 없는 것 같았으나 사회적 행동이나 다른 사람과의 관계에서 자폐증의 특성을 보였다. 이렇게 언어와 인지발달에 문제가 없는 자폐증의 경우, 예전에는 자폐증이라는 진단을 받지 않고 평생을 살기도 했다. 하지만, 같은 나이 또래와의 교제나 결혼생활, 직장생활 등의 사회적 관계에 심각한 문제를 겪게 된다고 한다.

헨리는 아스퍼거증후군이 있는 것으로 진단받고 치료를 하였더니 불과 몇 달 만에 사회성 발달에 진전을 보였다.

우리 반의 앨리스라는 아이는 우리 학교에 처음 왔을 때 만 2년 7개월이었는데, 말을 전혀 하지 못했다. 오랫동안 목걸이를 자기 눈 앞에 대고 흔들었고, 달래도 소용없이 오랫동안 울곤 했다. 앨리스도 첫아이여서 부모는 알지 못했지만 교사로서는 문제가 확연히 보였다. 앨리스는 곧 자폐증 진단을 받고, 집중적으로 치료를 하는 다른 학교로 옮겨졌다.

　그로부터 4년 후 앨리스의 동생이 우리 반에 들어와서, 앨리스를 다시 볼 수 있게 되었다. 초등학교 1학년에 다니고 있던 앨리스는 말도 잘하고, 언뜻 보기에는 다른 아이들과 차이가 없어 보였다. 앨리스의 어머니는 앨리스에게 ABA 요법(행동수정방법)을 비롯하여 여러 가지 다양한 교육을 집중적으로 받도록 하였으며, 정상적인 아이들과 놀 수 있는 기회를 많이 마련하려고 노력했다. 다행히 앨리스의 이웃에는 앨리스와 비슷한 또래의 아이들이 많았으며 앨리스의 가족은 그들과 아주 좋은 관계를 맺고 있었다. 초등학교 1학년인 앨리스는 아직 자폐증의 특징이 완전히 없어졌다고 할 수는 없지만, 언어와 학습능력이 거의 정상에 가깝도록 발달하고 있다고 한다.

최근 자폐아의 조기교육이 강조되면서 부모들이 과민하게 반응하고, 교육 재정지원 등 사회 전체가 부담을 지게 되었다. 하지만 조기교육에 대한 투자는 장기적으로 보면 노력과 경비를 절약하는 결과를 가져온다. 어렸을 때 몇 년간의 교육으로 장애의 정도가 줄어들거나 거의 회복이 된다면, 부모뿐 아니라 사회 전체가 그 아이를 평생 보살펴야 하는 책임에서 벗어나게 되는 셈이다.

장애가 있는 아이들은
타고난 능력의 부족보다는

그 능력을 개발할 기회를 가지지 못해서
발달을 하지 않는 경우가 더 많다

이중지퍼 딜레마

요즘은 왜 겨울 자켓 지퍼에 꼭지가 두 개나 달려 있는지 모르겠다. 예전에는 한 개이던 것이 모두 그렇게 바뀌는 것을 보니 뭔가 좋은 점이 있긴 있나 보다. 하지만 내겐 여간 골칫거리가 아니었다. 진한이가 오랫동안 연습을 해서 꼭지 하나짜리 지퍼는 끼어 올릴 수가 있게 되었는데 그 꼭지가 두 개로 바뀌니 그야말로 산 너머 산이었다. 또 몇 년을 더 연습을 해야 하나… 그래서 나는 지난 몇 년 동안 사라져가는 홀 지퍼 자켓을 찾아 가게란 가게는 다 다녔다.

그런데 올 겨울, 남편이 진한이를 데리고 나가더니 자켓 하나를 사가지고 왔다.

"어머, 지퍼를 봐야 되는데…"

내가 이 말을 채 하기도 전에, 진한이는 새 옷이라고 신이 나서 내 앞에서 그걸 입고는 꼭지 두 개 달린 지퍼를 쑤욱 올렸다. 그걸 언제 할 수 있게 된 걸까? 믿을 수가 없었다. 이렇게 해서 이중지퍼의 딜레마가 해결되었다.

진한이가 다른 사람의 도움 없이 옷을 입도록 하는 것은 늘 중요한 학습과정의 하나였다. 공립학교의 유치원 특수교육 프로그램에 들어가면서부터 그 교과과정이 체계화되었다. 제일 먼저 혼자 자켓을 입는 것부터 하였는데, 그때 진한이가 자켓을 거꾸로 바닥에 놓고 양팔을 소매에 넣어 머리 위로 입던 모습이 생각난다. 그 다음에는 단추가 큰 셔츠를 학교에 가지고 오라고 해서 셔츠의 단추를 끼는 법을 배우고, 자켓의 지퍼를 맞춰 올리고, 운동화 끈을 묶는 연습을 하고… 그 중에는 해낸 것도 있고, 포기한 것도 있고, 수정해서 마친 것도 있다.

셔츠의 단추 끼기는 할 수 있게 되었지만, 바지의 단추 끼는 것은 포기해야 했다. 바지의 단추는 팽팽한 허리부분 양쪽을 잡아당기면서 단추를 끼워야 하기 때문에 손 근육이 잘 발달되지 않은 사람에게는 여간 어려운 일이 아니었다. 장애가 있는 진한이뿐 아니라, 보통아이들에게도 바지의 단추를 끼는 일은 쉽지 않은 것 같다. 다행히 한국에는 바지의 단추를 고리로 바꾸어 주는 수선집이 있어, 나는 한국에 갈 때마다 진한이의 청바지를 가지고 가서 고리로 바꾸어 가지고 왔다. 그리고 진한이가 성인이 되면서 미국에서도 양복바지와 면바지는 단추 대신 고리로 만드는 경우가 많아져서 다행이었다.

운동화 끈 묶는 일은 한 십 년을 연습하다 포기했다. 하지만 요즘은 끈을 묶지 않고 신을 수 있는 신발이 많아 그 문제도 해결되었다. 운동화 끈도 고무줄로 되어 있는 것이 있어 신을 때마다 매지 않아도 되고, 아이들 신발에만 있던 벨크로가 성인용 운동화에 붙어 있는 것도 있으며, 그냥 쑥 끼어 신는 슬리퍼식 신발도 얼마나 다양해졌는지, 운동화 끈 묶는 기술은 이제 꼭 필요한 것이 아닌 세상이 되었다.

지금도 옷 입는 일은 좀 다듬어 주어야 하는 일이 생긴다. 진한이가 드럭스토어(약국과 잡화점이 함께 있는 가게로 슈퍼마켓과도 비슷하긴 하지만, 이곳에는 야채나 생선 등의 생물은 팔지 않는다)에 취직을 하면서 파란 유니폼 셔츠를 입게 되었다. 그 셔츠는 꼭 바지 속에 넣어 입어야 하는데 뒷자락이 꼬리처럼 빠져 있을 때가 있다. 성인이 된 아이를 늘 따라다닐 수도 없고 특히 화장실에 갔다 올 때마다 고쳐줄 수도 없어 신경이 많이 쓰였다. 그래서 집에서 그 옷을 입을 때, 벗을 때마다 셔츠를 넣었다 뺐다 몇 번씩 연습을 했다. 올해로 진한이가 그 유니폼을 입은 지 5년째로 접어들면서 이제는 셔츠의 앞자락도 뒷자락도 단정히게 바지 속에 잘 들어가 있나. 그리고 신발은 끈을 맬 필요 없이 혼자 신을 수 있지만, 신발을 벗고 보면 양말의 뒤꿈치가 발등 위로 올라와 있을 때가 있다.

이렇게 해서 진한이는 바지 입고, 셔츠 입고, 자켓 입고, 신발 신고… 보스턴은 추워서 겨울에는 모자도 써야 하니 머리부터 발 끝까지 옷 입는 일을 혼자 할 수 있게 되었다. 그렇게 되니 내 손이 덜 가서 편하기도 하지만, 무엇보다 진한이에게 자신감을 길러주는 일이 되었다.

장애가 있는 아이들은 타고난 능력의 부족보다는 그 능력을 개발할 기회를 가지지 못해서 발전하지 못하는 경우가 더 많다. 능력이 개발되려면 쉬지 않고 꾸준히 노력을 해야 한다. 보통 어린아이들을 보면, 대부분이 놀이처럼 옷을 입었다 벗었다 신발을 신었다 벗었다 하고, 지퍼나 단추도 끼는 것이 서툴러서 시간이 많이 걸리는데도 혼자 하려고 한다. 특히 여자아이들은 옷 갈아입는 놀이나 인형에게 옷 입히는 놀이도 많이 해서 남자아이들보다 일찍 엄마의 손이 가지 않게 되는 경우가 많다.

인간은 독립적일수록 행복해질 가능성이 많다고 한다. 그것은 지적능력과 연관이 많을 것으로 보통 생각하지만 반드시 그렇지는 않다. 지적능력과 상관없이 독립하려는 의지가 강한 사람이 있다. 그리고 그런 성향은 자란 환경과 교육에 의해 결정된다고도 할 수 있다. 어렸을 때부터 자기가 할 수 있는 것은 하도록 용기를 주고 인내심을 가지고 지켜본다면 독립성이 길러질 가능성이 더 커진다.

특히, 장애아에게 있어서 독립이라는 문제는 아주 심각하게 해결해야 할 큰 과제다. 그것이 비록 아주 조그만 부분에 그치더라도 독립할 수 있는 능력을 기르도록 도와주는 것은 그 아이의 인간으로서의 존엄성을 인정하는 것이다.

학교 갈 준비 다 됐니?

아침 준비를 하고 있는데 진한이 방 자명종이 울린다. 이어 자명종 소리가 그치고 진한이가 부엌으로 들어온다.

"굿모닝 진한."

"엄마 피곤해."

"요즘 알러지 때문에 일어나기가 힘들었구나. 그래도 일어났으니 참 잘했다. 자~ 주스 한 잔 마시고 그러다 보면 괜찮아질거야. 빨리 학교 갈 준비하자."

"오케이."

진한이는 요즘엔 이렇게 자명종 소리를 듣고 혼자 일어나지만 그전엔 아침에 깨우는 일이 보통 일이 아니었다. 한 번 잠들면 업어가도 모르게 자는 영한이와는 달리 진한이는 잠을 얕게 자서 아침에 일어나기가 더 힘든 것 같았고, 알러지가 있어서인지 아침에 일어나면 자주 머리가 아프다고 했다. 물론 그 이유 외에도 아침에 졸리더라도 그걸 떨치고 학교에는 꼭 가야 한다는 의지가 부족해서였는지도 모르겠다.

자명종을 사용하기 전에 나는 진한이를 깨우기 위해 별의별 방법을 다 써보았다. 겨울에는 창문을 활짝 열기도 하고, 얼굴에 찬 물수건을 대기도 하고, 야단을 치고, 협박을 하고…. 어렸을 때는 자는 아이를 억지로 앉히고 옷을 입히다 보면 깨기도 했는데, 몸이 나보다 커지면서부터는 그렇게 할 수도 없었다.

아침마다 씨름을 하다 못해 진한이 선생님과 의논했더니 일러주신 방법이 자명종이었다. 그런데 그 자명종도 처음엔 효과가 없었다. 자명종이 울려도 내가 방에 들어갈 때까지 자고 있고, 그러다 자명종 끄는 법을 알아내어 끄고 또 자고… 그래서 소리가 큰 자명종을 사서 머리맡에 두지 않고 방에서 제일 먼 곳에 두었더니 그건 효과가 있었다. 그 자명종을 끄려면 일어나서 걸어가야 하니 눈을 떠야 했다. 그것도 소용이 없을 때는 이런 방법을 쓰기도 했다. 진한이는 영화 보는 것과 여행 가는 것을 무척 좋아하기 때문에,

"이번 토요일에 영화 보러 가기로 했지? 그 영화가 뭐더라?"

라고 하거나

"이번 주말에 화이트 마운튼에 가기로 했는데 네 가방은 챙겼니?"

라고 하면 빙그레 웃으며 일어났다.

이렇게 겨우 깨워놓았다고 해도 진한이를 제시간에 준비시켜 보내는 일 또한 만만치가 않았다. 고등학교에 다닐 때까지도 시간개념이 발달되어 있지 않은 아이여서 그 아이가 시계를 보며 바쁘게 학교 갈 준비를 하리라고 기대할 수가 없었다. 고등학생이 되니 어렸을 때처럼 일일이 따라다니며 옷을 입히고, 세수를 시키고, 아침을 먹이고… 그렇게까지는 하지 않아도 되었지만, 나는 아침 준비를 하고 도시락을 싸며 수시로 진한이를 확인해 보아야 했다. 진한이는 시간은 아랑곳하지 않고 라디오를 듣고 앉아 있기도 하고 때로는 부엌에 와서 마냥 얘기를 하고 있었다. 자기는 머리를 빗었다고 하는데 뒷머리카락은 위로 솟아 있고 셔츠 단추가 잘못 끼어져 있을 때가 많았다.

"진한아~아~ 준비 안 하고 뭐하니? 지금 라디오 듣고 있을 시간이 어딨니? 시계 좀 봐. 머리는 그게 빗은 거니? 아침은 언제 먹을래? 잠옷은 왜 바닥에 있니? 걸어놓으라고 했지?"

매일 아침 이렇게 역성을 내고 아이를 학교에 보내고 나면, 내일은 그러지 말아야지 하면서 그러고 또 그러고… 그러다 드디어 해결책을 찾아내게 되었다. 내가 잔소리를 하지 않고 진한이가 자율적으로 할 수 있도록 해보아야겠다는 생각이 들었다. 그래서 진한이가 아침에 해야 할 일을 한 단계 한 단계 목록을 만들어 그것을 벽에 붙여 놓고 따라 하게 했다. 진한이는 글을 제대로 읽지는 못하지만 알파벳은 알기 때문에 첫 글자를 보고 단어를 짐작한다. 그 목록은 다음과 같다. 글 대신 그림을 이용해도 된다. 그림은 그려도 되고 구글이나 클립아트 등에서 구할 수도 있다.

1. Wake Up (일어난다)

2. Drink Juice (주스를 마신다)

3. Change Clothes (옷을 갈아입는다)

4. Socks On (양말을 신는다)

5. Wash Face (세수를 한다)

6. Comb Hair (머리를 빗는다)

7. Wipe Glasses (안경을 닦는다)

8. Breakfast (아침을 먹는다)

9. Bathroom (화장실에 간다)

10. Brush Teeth (이를 닦는다)

11. Mirror (입에 묻은 것이 없나 거울을 본다)

12. Lunch Box (도시락을 넣는다)

13. Radio (시간이 남으면 라디오를 듣는다)

14. Leave (학교에 간다)

진한이와 나는 매일 자기 전 이 목록을 함께 읽었다. 아이가 학교 갈 준비를 스스로 하게 하려면 아이 자신이 학교에 꼭 가야 한다고 생각하거나 가고 싶다는 생각이 들어야 한다. 그래서 자기 전에 그날 학교에서 일어난 일을 함께 얘기하고 그 중 재미있었던 일을 떠올리게 하였다. 자기 전의 생각은 잠재의식에 들어가기가 쉽다고 하니 자기 전에 꼭 학교에 가야 한다고 강조하고 아이가 그 사실을 받아들이도록 도와주어야 한다.

어떤 일을 제시간에 마치려면 시간개념도 발달되어야 한다. 그래서 진한이가 그 개념을 키울 수 있도록 매일 꾸준히 노력했다. 그러기 위해서 시계를 보는 방법과 아울러 몇 시에 무엇을 하는지를 알려주었다. 일어나는 시간, 학교에 가기 위해서 집을 나서는 시간, 학교가 시작하는 시간은 몇 시이며 집에 돌아오는 시간은 몇 시인지, 그리고 집에 와서 저녁을 먹는 시간, 취침시간은 몇 시인지 등을 매일 얘기해 주었다.

이런 과정을 거쳐서 진한이는 내가 깨우지 않아도 자명종을 듣고 일어나 이제는 벽에 붙인 목록 없이도 혼자 직장에 갈 준비를 할 수 있게 되었다.

+++ 이 글은 내가 13년 전 진한이가 고등학교에 다닐 때 쓴 글이다. +++

상황 이야기

진한이가 아침에 머리가 아파서 일하러 가지 않겠다고 하는
걸 억지로 밀어 보냈는데, 저녁에 이마를 만져보니 열이 있었
다. 그저 피곤하거나 알러지가 있나 보다라고 여겼던 것이 미
안하고 안스러웠다.

진한이는 오후에 집에 와서 한잠을 자고 일어나서는 마이클
이 소리 지르는 꿈을 꾸었다고 "아이 무서워"라고 했다. 마이
클은 같이 일하는 곳에 있는 장애인인데 가끔 소리를 지르고
자기 입술을 깨물곤 한다. 마이클은 그날 도시락에 푸른 야채
가 들어 있다고 화를 냈다고 했다. 진한이는 지난 며칠 일하는
곳에 있는 사람들이 무섭나는 얘길 자주 했다. 감기 기운이 있
어 열이 날 수도 있지만 혹시 스트레스를 받아 그런가 하는 생
각도 들었다.

진한이는 일주일에 사흘은 슈퍼마켓에서 잡코치(직장일을 할

수 있도록 도와주는 사람)와 함께 일을 하고, 이틀은 30명 정도의 장애인들이 모여 일하는 곳으로 간다. 그 작업장은 넓지 않은 방에 장애인들이 모여 앉아 이라크 군인들에게 보낼 소품이나 치과에서 쓰는 일회용 부품 등을 담는 일을 하는 곳이다. 대부분의 사람들은 유순하고 사교적이지만 그 중에 행동 문제가 있는 장애인이 서넛 있다. 다른 사람이나 자신을 다치게 할 정도로 심하지는 않지만, 가끔 소리를 지르거나 싸우거나 자기 입술을 깨물거나 한다. 어떤 때는 진한이 바로 앞에서 주먹을 쥐고 흔들기도 한다고 한다.

그곳에 가지 않고 일주일 내내 슈퍼마켓 같은 곳에서 일할 수 있으면 좋겠다는 생각을 하지만, 요즘은 미국의 경제 사정이 좋지 않아 일자리를 구하는 것이 쉽지가 않다. 슈퍼마켓에서 일하지 않는 날은 장애인 작업장에 가지 않고 자원봉사를 하러 보내겠다고 했더니 두 가지가 함께 묶여 있는 프로그램이라 그럴 수 없다고 한다.

그래서 진한이에게 좋은 일자리를 구할 때까지 견뎌보자고 하고 있다. 그런데 한편으론 이런 생각을 하게 된다. 진한이 자신도 장애인인데 다른 장애인에게 행동 문제가 있다고 그 사람들을 완전히 피할 수만은 없을 것 같다. 다른 사람을 해치거나 폭력적인 경우는 당연히 피해야겠지만, 성질이 나서 소리를 지르거나 싸우거나 하는 일이야 장애인 사회뿐 아니라 어떤 사회에건 있기 마련이므로 이런 상황을 만나지 않도록 늘 보호할 수만은 없을 것이다. 그러니 피할 수 없는 상황은 도망가지 말고 받아들이고 잘 대처하도록 정신력을 기르는 것이 좋겠다는 생각이 들었다.

그래서 해결책으로 떠오른 것이 '상황 이야기'였다. 상황 이야기는 원래 자폐증이 있는 아이들에게 사회성과 언어기술을 가르치기 위해 개발된 것이었는데, 그 아이들뿐 아니라 다른 장애가 있는 아이들, 그리고 장애가 없는 아이들한테까지도 효과적으로 사용되고 있다. 나는 미국에 와서 특수교육 교생 실습을 하면서, 행동 문제가 있는 학생들을 위해 상황 이야기를 만드는 일을 맡게 되었다. 그래서 진한이를 위해서도 필요할 때마다 상황 이야기를 만들었다.

이번에도 그 다음날 하루 쉬어 열이 내리고 난 뒤,

"진한아 우리 상황 이야기(영어로는 소셜 스토리social story라고 한다) 만들자."

라고 했더니

"좋아."

라고 컴퓨터 앞으로 왔다.

"먼저 제목을 뭐라고 할까?"

"라이프 웍스 작업장에 있는 사람들이 소리 지르고 입술을 깨물고 그래도, 그건 그냥 자기들이 골이 나고 기분이 안 좋은 거야. 너랑은 상관없는 일이니까 무시해버려. 아무도 너를 다치게 하지는 않지? 다른 직장을 구할 때까지는 그냥 견뎌 보는 거야. 할 수 있지? 그러니까 이번 상황 이야기 제목을 Be Brave(용감해지자)로 하면 어떨까?"

"오케이."

"컴퓨터의 첫 페이지에다 '용감해지자'라고 타이핑을 할게. 그리고 이 스토리의 저자는 '진한'이라고 쓴다."

진한이는 표지에 by Jin Han이라고 써 넣은 것을 보고

"내 이름이야."

라며 빙그레 웃었다. 진한이가 제일 좋아하는 부분이 저자가 자기라는 것이다.

"그 다음에 이야기를 만들어야 하는데 먼저 '나는 사람들을 좋아합니다'라고 쓰자. 진한아 그렇지? 진한이는 사람들 좋아 하지?"

상황 이야기는 항상 긍정적인 문장으로 시작을 해서 긍정적 인 문장으로 끝내야 한다. 법칙이라고 할 것까진 없지만 그래 야 더 효과적인 것 같다.

"두 번째 페이지에는… '그런데 그 사람들이 나를 무섭게 할 때는 나는 그 사람들을 좋아하지 않습니다. 그 사람들은 소리 를 지르고 입술을 깨물고 주먹을 흔듭니다. 그러면 나는 가슴 이 뛰고 어디론가 숨고 싶습니다. 나를 보고 하는 것은 아니고

나를 다치게 하지 않으니 나는 아무 탈이 없을 것입니다. 그냥 자기들이 화가 나서 그런 겁니다. 그러니 나는 용감해져야 합니다. 누구든 이유 없이 내게 주먹을 들이대면 나는 '집어치워'라고 말하고 다른 데로 가버릴 겁니다. 그리고 누군가 혼자 화를 내고 있다면 나는 속으로 그 사람이 기분이 좋아지기를 바라며 기도를 할 겁니다.' 이 이야기가 괜찮니?"

"네."

나는 타이핑을 하면서 문장 하나하나를 쓸 때마다 진한이의 의견을 물었다. 진한이가 생각이 잘 안 떠오르면 내 의견을 제시하고 반응을 살폈다. 이렇게 해서 '용감해지자' 스토리는 표지를 빼고 한 페이지에 두세 문장씩 넣어 다섯 페이지로 만들었다. 시간이 허락하면 페이지마다 적합한 그림을 찾아 붙이는 것도 좋다. 그려도 되지만 구글이나 클립아트에 들어가면 마음에 드는 그림을 구하는 것이 더 쉽다.

15년 전, 내가 교생실습을 하는 동안 상황 이야기를 만들 때는 손으로 그림을 그려 넣느라 시간이 많이 걸렸다. 그 당시 내가 진한이를 위해 만든 상황 이야기 하나를 소개한다. 그것을 만들게 된 이유는 진한이가 말을 할 때마다 사람을 치는 버릇이 있었기 때문이다. 식구들끼리는 성가시다는 생각이 들긴 해도 별 문제가 되지 않았지만 진한이 학교에서는 그렇지가 않았다. 미국사람들은 포옹이나 키스는 잘해도 남의 몸은 스치기만 해도 "미안합니다. 죄송합니다"라며 법석을 떨며 사과를 한다. 진한이는 그때 고등학교 1학년이었는데 여전히 의사소통이 서툴러서 말보다 손이 앞섰던 것 같다. 그 상황 이야기는 효과가 있어서 그 뒤로 그 행동이 없어졌다.

상황 이야기는 일인칭으로 된 자신의 이야기로 각자에 맞게 문제 상황을 설명하고 바람직한 방향을 제시한다. 부모나 교사가 그 상황을 잘 관찰한 다음 대사를 만들기도 하지만, 장애가 심하지 않아 글을 쓰는 것이 가능하다면 도움을 받으며 본인이 직접 문장을 생각해내고 글을 써 넣는 것이 좋다. 완성된 상황 이야기는 취향에 따라 장식하고 묶어서 표적이 되는 행동이 개선될 때까지 매일 한 번, 본인이 원하면 하루에 몇 번이라도 읽으면 좋다. 자신이 저자이므로 그 안에 자신의 사진을 넣으면 더 애착을 가지게 된다. 다시 한 번 강조하지만 상황 이야기는 문제 행동이 표적이지만 긍정적인 문장으로 시작하여 긍정적인 문장으로 끝내는 것이 좋다.

사람들과 얘기할 때는 ......

by Jin Han

얘기하기

나는 내 친구와 선생님 그리고 우리 가족과 얘기하는 것을 좋아합니다.
그들도 나와 얘기하는 것을 좋아한다고 합니다.

규칙

사람들과 얘기할 때는 지켜야 할 규칙이 있는데 나는 그것을
잊어버릴 때가 있습니다.

얘기하는 사람에게 너무 가까이 가면 안 됩니다.

그 사람의 몸에 내 손이 닿거나 그 사람이 가지고 있는 것을
물어보지 않고 만져서도 안 됩니다.

얘기하는 사람과는 팔 길이만큼 거리를 두는 것이 좋습니다.

나는 얘기할 때 지켜야 할 규칙을 알고 있습니다. 그런데 때때로 그것을
지키지 않습니다. 사람들이 내 얘기를 듣지 않는다는 생각이 들어서이기도
하고, 어떻게 얘기를 시작해야 할지 몰라서 그러는 것 같기도 합니다.

1999년 새해 첫날, 내가 사람들과 얘기할 때
지켜야 할 규칙을 다시 써 보았습니다.

규칙1
복도에서 친구를 만났을 때, 그 친구를 손으로 치지 않고 나는
"안녕"이라고 할 겁니다.

규칙2

학교 식당에서 점심을 먹을 때, 나는 친구들과 얘기하며 내 친구의 음식을 만지지 않을 겁니다.

규칙3

선생님이나 내 친구들 그리고 우리 엄마가 들고 있는 것이 뭔지 보고 싶을 때는 손으로 만지기 전에 "그것 좀 봐도 될까요"라고 물어볼 것입니다.

규칙4

내 동생이 내가 좋아하지 않는 것을 하면,
손으로 잡는 대신 "하지 마"라고 할 것입니다.

규칙5

내가 누구와 얘기를 하고 싶을 때는 내 손은 가만히 두고,
그 사람의 이름을 부르거나, "잠시만요Excuse me"라고 할
것입니다.

나는 다른 사람이 나와 얘기하는 것을 불편하게 하고 싶지 않습니다.
그런데 내가 지켜야 할 규칙을 잊을 때가 있다면 나는 "미안합니다"라고
할 것입니다. 그리고 그 규칙을 잊어버리지 않도록 노력할 것입니다.

1999년, 나는 사람들과 얘기할때, 이 다섯 가지 규칙을 꼭 지킬
것입니다. 규칙을 모두 지키게 되면 나 자신이 자랑스러울 것입니다.

스파게티 운동

"자~ 여기 의자에 앉아서 스파게티 운동을 한 번 해보자."

"스파게티 운동이라고요? 스파게티를 먹으면서 하는 운동인가요?"

"아니, 스파게티가 되는 운동이지."

"어떻게 스파게티가 돼요?"

"엄마랑 해보면 알 수 있지. 먼저, 아~ 피곤하다. 하품하는 흉내를 내보자."

"아아… 나도 하품이 나네."(하품은 전염성이 있다는 것을 아시죠?)

"어? 엄마가 팔에 힘을 주었더니 막대기가 되었다. 만져봐. 딱딱하지?"

"정말 그러네요, 엄마."

"이번에는 수리수리 마수리~ 스파게티가 되었다. 냠냠 냠

냠, 스파게티처럼 물렁물렁하게 되었다. 너도 한 번 해봐. 힘을 꽉 주니 막대기가 되었지? 이번엔 힘을 빼고 그랬더니 스파게티가 되었지?"

이것은 닥터 제이콥슨Jacobson이 개발한 진보적인 근육이완 운동을 진한이에게 맞게 바꾸어본 것이다.

정신적으로 스트레스를 받으면 무의식적으로 근육이 팽팽해진다. 정신과의사이며 생리학자인 제이콥슨은 인위적으로 근육을 긴장시키고 완화시킴으로써 근육과 더불어 정신적 긴장이 풀어지는 것을 발견하게 되었다. 이 원리를 기반으로 그가 1930년에 개발한 근육이완 테크닉은 아직도 널리 사용되고 있다.

근육이완 테크닉은 특별히 장애가 있는 아이들을 위해 개발된 것은 아니지만, 스트레스를 많이 받을 가능성이 큰 이 아이들을 위하여 특수교육현장에서 많이 사용되고 있다.

이 운동은 장애아들뿐 아니라 장애아를 키우는 부모들에게 꼭 필요한 운동이기도 하다. 이것은 운동이라고 할 것까지도 없이, 언제 어디서나 단 몇 분만 있으면 할 수 있으며 몇 번 해서 익숙해지면 운전하다 빨간 신호에서도 잠깐 할 수 있을 정도이다.

근육이완 운동법을 좀 더 자세히 설명해보겠다. 어디서나 할 수 있는 운동이긴 하지만, 아무래도 조용한 곳에서 편안한 의자에 앉아서 하는 것이 더 효과적이다. TV나 음악도 없는 것이 더 좋겠다. 그래야 근육 한 부분 한 부분에 집중할 수 있다.

근육이완 운동법

1. 인위적으로 하품을 한다.

2. 몸의 각 근육을 분리해서 한 부분씩 긴장과 완화를 반복한다.

   천천히 숨을 들이쉬면서 근육을 팽팽하게 하고, 숨을 내쉬면서 완화시킨다. 근육을 조이는 시간은 5초 정도면 좋겠다.

   손과 팔은 주먹을 꼭 쥐었다 폈다 한다.

   어깨는 올려서 귀에 닿도록 했다 내렸다 한다.

   발은 발가락을 위로 올리고 다리를 들었다 내렸다 한다.

   엉덩이는 오무렸다 폈다 한다.

   배에 힘을 주었다 늦췄다 한다.

   가슴은 숨을 들이쉰 다음 가슴 근육을 조였다 폈다 한다.

   등은 팔을 구부려 팔꿈치를 등 뒤로 닿도록 한다.

   얼굴은 눈을 꼭 삼고 찡그렸다 폈다 한다.

3. 모든 과정이 끝나면, 눈을 감고 심호흡을 몇 차례 하고 "몸이 편안해졌다"라고 말하며 천천히 자리에서 일어난다.

아이들에게는 한꺼번에 여러 단계를 다하지 말고, 몇 가지만 골라 간략하게 하도록 하는 것이 좋다. 그리고 또 주의할 것은, 근육을 팽팽하게 할 때 지나치게 힘을 주지 않도록 하며, 심호흡을 하는 것이 좋다. 여기서 복식호흡을 할 수 있다면 더없이 좋겠다. 모든 일이 다 그렇지만, 이 운동도 자신의 몸에, 특히 이완시키려는 근육에 마음을 집중하여야 더 큰 효과를 얻을 수 있다.

이 운동은 가능하면 매일 하여 습관이 되도록 하는 것이 좋다. 매일 하다 보면 몸이 긴장된 것을 쉽게 알아차리게 되고, 가려운 데를 긁어야 하듯 그 근육의 긴장을 풀어주고 싶어 못 견디게 된다. 처음 몇 번 해서 별 효과가 없는 것처럼 느낄 수도 있지만, 인내심을 가지고 하다 보면 "아하~ 이것이구나" 하는 순간이 올 것이다. 그렇게 되면, 길을 걷거나 지하철에 앉아서도 다른 사람의 눈에 띄지 않게 할 수도 있다. 아이들이 이렇게까지 하기는 어렵겠지만 부모들은 이렇게 수시로 긴장을 풀게 되면, 근육에 긴장이 쌓여 근육통이 오거나 몸살이 나는 일을 막을 수 있다.

아이와 함께 하는 비행기 여행

나무마다 눈부시게 피어 있던 꽃들도 지고 초록빛이 더해가는 계절이다. 진한이는 벌써부터 이번 여름휴가에는 어디에 가느냐고 묻는다. 우리 가족은 여름이면 미국의 내지나 캐나다로 여행을 한다. 그리고 3-4년에 한 번은 한국을 방문하는데, 올해는 아무래도 한국에 가게 될 것 같다.

미국인 친구들은 내가 한국을 방문한다고 하면, 가는 데 몇 시간이나 걸리느냐고 묻는다. 보스턴에서는 직항이 없으니 뉴욕까지 가야 하고, 거기서만 15시간이 걸리고 공항에서 기다리는 시간까지 합치면 거의 하루가 걸린다고 하면 머리를 설레설레 흔들며 한숨을 쉰다.

그러면 나는 "멀긴 멀지요"라고 말하면서도 속으로는 '그까짓 것쯤이야'라고 생각한다. 우리 아이들 어렸을 때를 생각하면 요즘 서울 가는 것은 식은 죽 먹기다. 식은 죽이라기보다

비행기 여행을 할 때 부모가
조그만 산타클로스 보따리 같은 것을
준비했다가 하나씩 꺼내주면
그때그때 위기를 면할 수 있다

영어로 케이크 한 조각 먹기라고 표현하는 것이 더 적합하겠다. 식은 죽 먹기는 그저 쉽기만 한 일이지만, 케이크 한 조각 먹는 것 같다는 표현은 쉽고도 재미있는 일을 할 때 쓰인다.

요즘 우리 가족은 아이들도 다 자라서 어떤 여행을 하더라도 어려움이 없다. 우리는 비행기 여행을 할 때 각자 기내용 가방을 가지고 다닌다. 그렇게 하면 짐 싸기도 편리하고 가방 찾느라 기다리는 시간도 절약할 수 있어서 좋다. 진한이는 자다가도 벌떡 일어날 만큼 여행을 좋아해서 자기 가방 하나를 끌고 싱글벙글, 공항에서 에스컬레이트도 오르락내리락하고 복잡한 사람 사이로 우리를 놓치지 않고 잘 따라다닌다.

더욱이 비행기 안에서 진한이는 자기가 좋아하는 것을 한꺼번에 다 할 수 있다. 좋아하는 영화도 마음껏 보고, 음악도 듣고, 잡지책도 보며, 색다른 음식에다 여러 종류의 음료수까지 즐길 수 있으니 말이다. 요즘 한국 가는 비행기에는 좌석마다 TV 모니터가 있어 어떻게 갔는지도 모르게 한국에 도착한다.

진한이가 어렸을 때는 이렇게 쉽지 않았다. 그런데도 그때는 거의 매년 한국을 방문했다. 남편과 같이 가기도 했지만 혼자 진한이를 데리고 간 적도 있다. 다행히도 진한이는 잠을 많이 자는 편이어서 혼자 갈 엄두를 낼 수 있었다. 진한이는 15시간 비행시간 동안 12시간을 자곤 했는데도 남은 그 세 시간을 좁은 비행기에서 견디기 힘들어했다. 잠시도 가만히 앉아 있지 못하는 아이라, 앞 의자를 발로 차고 테이블을 올렸다 내렸다 민망하기가 이루 말할 수 없었다. 그래서 진한이를 데리고 화장실을 자주 들락거렸다. 세관 수속을 하느라 줄을 서서 기다리는 일도 만만치 않아서, 도망가려는 아이를 붙들고 진땀을 흘렸다. 그래도 어리니 주위에서도 개구쟁이인가 보다 할 것이고, 안고 있을 수도 있지만, '이 아이가 커지면 여행도 못 다니겠구나'라는 생각을 했다.

진한이가 초등학교에 들어가면서는 여름에도 캠프에 가게 되어 자연히 한국을 자주 방문하지는 못했다. 그 대신 미국 내에서 비행기를 타고 여행을 더 많이 하게 되었다. 그리고 십대가 되면서 다행히 과잉행동이 줄어들어 여행하기가 점점 수월해졌다.

아이들마다 정도의 차이는 있지만, 아이를 데리고 장거리 여행을 하는 일은 보통 일이 아니다. 특히 장애아인 경우에는 더 말할 것도 없다. 나는 제주도로 신혼여행 갈 때 처음 비행기를 타보았지만, 요즘은 어릴 때부터 비행기 여행을 할 기회가 많아졌다. 아이에게 장애가 있다고 해서 그 기회를 누리지 못해서는 안 될 것이다.

"당신의 배터리를 재충전하십시오"라는 광고를 본 적이 있다. 여행만큼 이 기능을 잘하는 것도 없다. 아이를 데리고 하는 여행이 때론 고생스러워도 말이다.

여행은 휴가의 역할 외에도 아이들에게 많은 것을 얻게 한다. 아이들은 여행을 함으로써 새로운 환경에 적응하는 힘이 길러지고, 다양한 사람과 문화를 받아들이는 능력이 생긴다. 그뿐 아니라 아이가 가진 지적 호기심을 충족시키는 기회도 된다. 특히 우리 가족의 한국 여행은 친척과의 유대관계를 유지시켜 주며, 아이들의 건강한 자아형성에도 도움을 줄 것이다.

나는 지나고 난 다음 깨닫게 되는 것이 많은데, 아이를 데리고 비행기 여행을 하는 요령도 그 중 하나다.

아이들을 데리고 여행할 때는 티켓을 받을 때부터 신경을 써야 한다. 다리를 펼 수 있고, 화장실이 가까운 앞좌석으로 받는 것이 좋다. 그리고 여행을 떠나기 전에, 아이에게 여행에 대해 충분히 알려주는 것도 도움이 된다. 아이가 앞으로 무슨 일이 일어날지 아무것도 모르는 것보다 사전에 미리 알려주면 불안하고 혼란스러운 상태를 예방할 수 있다. 예를 들어, 비행기가 착륙할 때는 귀가 이상해질 수 있으며, 그럴 때는 침을 삼키거나 물을 마시면 된다고 일러주어야 한다. 그 외에도 비행기가 몇 시에 떠나 몇 시에 도착하는지, 비행기 안에서는 무슨 일을 할 수 있는지 등도 알려주는 것이 좋다.

어떤 비행기에서는 아이들에게 장난감 비행기도 주고 색칠하는 그림책도 주긴 하지만, 부모가 조그만 산타클로스 보따리 같은 것을 준비했다가 아이가 지루해할 때마다 하나씩 꺼내 주면 그때그때 위기를 면할 수 있다.

아이가 자기 백팩을 메고 다닐 수 있는 나이라면, 아이에게 좋아하는 것을 직접 싸도록 하여 들고 다니게 하는 것도 좋은 방법이다. 이때 가방을 너무 무겁게 하거나 액체로 된 것은 피하도록 도와주어야 한다. 비행기 안에서 놀 수 있는 좋은 장난감으로는 작은 크기의 종이와 매직펜, 조그만 동물 모형, 손가락이나 손에 끼어 놀 수 있는 인형, 스티커 등이 있다.

공항 대합실에서 기다릴 때는 아이가 놀 수 있는 공간을 찾아, 되도록 많이 걷거나 뛰어다닐 수 있도록 해야 한다. 그래야 비행기 안의 좁은 공간에서 좀이 덜 쑤시고, 피곤해서 잠을 잘 수 있게 된다. 많은 공항들에 아이들의 놀이 공간이 있으므로 미리 어디에 있는지 알아보고 가는 것이 좋다.

진한이처럼 잠시도 가만히 있지 못하는 아이를 데리고 보안 검색이나 세관 수속을 하느라 줄을 서 있는 일도 여간 힘든 일이 아니다. 이럴 때를 대비해서 접는 형태의 가벼운 유모차를 가지고 다니거나, 강아지처럼 아이의 몸에 묶는 끈을 이용하면 아이와 부모가 좀 더 자유로워질 수 있다.

더욱이 최근, 미국에는 '자폐증을 위한 날개wings for autism'라는 프로그램이 생겨 장애아를 데리고 비행기 여행을 하기가 한결 수월해졌다. 이것은 자폐아들이 공항이라는 새로운 환경에 적응하는 데 어려움이 많아 시작된 것이긴 하지만, 꼭 자폐증만을 위한 것은 아니다.

이 프로그램은 두 가지인데, 하나는 여행을 가기 전 놀이처럼 공항에서 예행 연습을 할 수 있게 하는 것이고, 둘째는 그 가족이 핀을 달거나 티셔츠를 입어 아이가 눈에 띄는 행동을 하더라도 주위의 양해를 받을 수 있고, 쉽게 공항직원의 도움을 받을 수 있게 하는 것이다.

사람들은 하늘을 나는 일이 불가능하다고 여겼지만 그 꿈을 이루려고 노력한 사람이 있어 꿈이 이루어졌다. 장애가 있는 아이를 데리고 넓은 세상으로 나가는 일도 마찬가지라고 믿는다.

+++ 이 글은 2010년 4월 12일 미주 한국일보에 기재되었다. +++

이유 있는 행동

뉴헤이븐에서 기차를 타고 뉴욕에 간 적이 있다. 그때는 크리스마스 이브여서 우리처럼 가족과 여행하는 사람이 많았다. 뮤지엄과 같은 높은 천장에 아치형 창문이 있는 고풍스런 이 대합실에는 예쁜 크리스마스 화관까지 걸려 있어서 마치 영화 속에 들어가 있는 것 같았다. 우리 가족은 기차 출발 시간이 많이 남아 기다란 벤치에 쭈르르 앉게 되었다. 남편은 진한이가 미리 크리스마스 선물로 받은 책『휴고』를 읽어 주고 있었고, 영한이는 스마트폰을 귀에 꽂고 앉아 있었다. 나는 이 소중한 여행을 좀 적어두려고 수첩을 꺼내 긁적이고 있었는데, 옆에서 "우~ 우~" 하는 이상한 목소리가 들렸다. 아직 말을 못하는 아이인가 보다 했는데, 그러기엔 톤이 굵은 어른의 소리 같기도 해서 고개를 돌려 보니, 어떤 청년이 몸을 앞뒤로 흔들며 소리를 내고 있었다.

그는 옷을 단정하게 입은, 이목구비가 반듯한 이십대 후반의 흑인 청년으로 자폐증이 있어 보였다. 대합실에 앉아 있는 게 지루해서 그러겠지라는 생각을 하고 있는데, 옆에 어머니처럼 보이는 한 부인이 청년에게서 얼굴을 돌리고 아주 불편한 표정으로 서 있었다. 하긴 그럴 법도 하다. 이렇게 사람 많은 곳에서 다 큰 총각이 그렇게 소리를 내고 있으니 말이다.

잠시 후에 또 다른 부인이 와서 두 부인이 이야기를 주고받더니 먼저 부인은 떠나고 새로 온 부인이 그 청년의 옆에 와서 앉았다. 그러자 이 청년은 이내 이상한 소리를 멈추고 그 부인 쪽으로 얼굴을 돌리고 앉았다. 이 부인은 곱게 화장을 하고 품위 있는 밤색 코트에 같은 색의 고전적인 모자를 쓰고 있었는데 표정이 당당하면서도 부드러워 보였다. 그리고 차 시간표인지를 손에 들고 청년에게 다정하게 얘기를 했다. 청년이 내게서 얼굴을 돌리고 앉아 있어 말을 하는지 알 수는 없었지만, 손짓으로 뭐라 표현을 하는 것 같았다. 이제 보니 이 부인이 이 청년의 어머니인 것 같았다. 어머니가 친구인 듯한 사람에게 청년을 잠깐 맡기고 어딜 간 동안 청년은 불안해서 몸을 앞뒤로 흔들며 소리를 내었던가 보다.

이상한 소리를 내며 몸을 흔들던 그 청년은 어머니가 와서 말을 걸자 언제 그랬느냐는 듯이 딴 사람이 되었다. 두 사람은 마주 앉아 한참 대화를 하더니 어머니가 먼저 일어나 앞장서고 바로 뒤에 청년이 즐거운 얼굴로 여행가방을 끌며 의자를 떠났다.

이 청년을 보고 온 뒤로 자폐증이 있는 사람에게서 흔히 볼 수 있는 자기자극행동(반복적으로 몸을 흔들거나, '이~이~'와 같이 의미 없는 소리를 내거나, 손을 눈앞에 대고 펄럭거리는 것 등)에 대해 관심을 가지고 생각해 보게 되었다. 사람의 행동은 반드시 무슨 목적이 있기 마련인데, 내가 이해할 수 없다고 해서 그저 무의미한 이상한 행동으로 여겨서는 안 될 것 같았다. 내 생각을 확인하려고 자기자극행동에 대해 탐색을 해보았더니, 그 행동도 이유가 있는 행동이었다.

자기자극행동은 그 표현 방법이 다를 뿐 거의 모든 사람이 하는 행동이다. 많은 사람들이 지루하거나 스트레스를 받을 때 다리를 떨거나, 머리카락을 손가락으로 꼬거나, 심지어 뽑기까지 하며, 혼자 중얼거리고, 손가락 마디를 꺾고, 손톱을 깨물곤 한다. 그뿐 아니라, 비디오 게임을 하거나 계속 채널을 돌리며 텔레비전을 보는 것도 자기자극행동으로 본다니 뜻밖이지만 고개가 끄덕여졌다.

우리는 흔히 다수가 하는 행동은 정상이고 소수의 사람이 하는 것은 비정상이라고 여기기가 쉽다. 자폐증이 있는 사람들이 하는 자기자극행동이 그 중 하나일 것이다. 자폐증뿐 아니라 지적장애나 감각장애가 있는 사람에게서도 여러 가지 형태의 자기자극행동이 나타날 수 있다.

사람은 그것이 쾌락이건 자기 삶의 궁극적인 의미이건 간에 늘 무엇인가를 추구하며 산다. 결국 살아 있는 한 늘 무엇인가를 해야 하는데, 아무것도 할 일이 없을 때나 스트레스 때문에 일을 제대로 할 수 없는 순간들을 잘 견디지 못한다. 그때 감각을 통하여 자신을 진정시키는 방법이 바로 자기자극행동인 것이다.

장애인에게 나타나기 쉬운 자기자극행동은 이렇게 필요한 것이긴 해도 바람직한 것은 아니므로 되도록 하지 않도록 방지하는 것이 좋다. 그러기 위해선 하루의 일과가 지루하거나 스트레스를 받지 않도록 잘 짜야 할 것이다. 그리고 아무 하는 일 없이 혼자 있는 시간을 줄이고, 좋은 대화를 할 수 있는 사려 깊은 사람들과 만나는 기회를 갖고, 좋아하는 활동을 즐기며, 각자에게 맞는 긴장완화방법을 찾아서 하는 것 등이 자기자극행동의 해결책이 될 것이다.

문제 행동의 예방에
빼놓을 수 없는 것이
부모의 심리적 안정감이다

차분하고 유순한 동물 라마가
애완동물로 치매 노인들에게
도움이 되는 것처럼 말이다.

라마로 푸는 문제 행동

치매 노인 요양원에서 정신과 약을 과하게 먹인다는 기사가
어제 보스턴 글로브 신문에 실렸다. 오늘은 그 후속 기사로,
라마라는 동물이 방에 들어온 것을 보고 웃음소리가 내 귀에
까지 들리도록 웃고 있는 할머니의 사진이 실려 있었다. 치매
환자는 기억력 상실뿐 아니라, 화를 내거나 때리는 등의 행동
문제 때문에 보살피기가 힘든 경우가 많다. 이런 경우 정신과
약을 주지 않고, 라마나 염소와 같은 애완동물을 키우는 정서
적인 환경으로 이 문제를 치료하고 예방하는 치매 노인 요양
원이 소개되었다.

　애완동물이 외로운 노인들에게 좋은 벗이 된다는 애긴 들었
는데, 왜 강아지나 고양이가 아니라 라마를 그 요양원에 갖다
놓았는지 궁금해서 그 동물에 대해 조사를 해보았다. 라마는
남미에서는 오래전부터 소나 돼지처럼 사육하고 있는 동물이

다. 그 모습은 낙타와 양을 섞어 놓은 것 같고, 낙타만큼이나 크긴 하지만 유순하고 영리하며 사람을 잘 따라 애완동물로도 적합하다고 한다. 치매 노인 요양소에서 라마를 키우는 이유는, 아마도 라마가 어느 동물보다도 차분하고 전혀 사람을 무는 법이 없기 때문일 것이다. 긴 속눈썹의 순하게 생긴 라마는 그 얼굴을 보기만 해도 누구든지 사랑에 빠지게 된다. 이 라마를 치매 노인 요양원의 앞뜰에서 염소와 같이 키우고 있다는데, 라마는 사람뿐 아니라 다른 동물과도 잘 지낸다고 한다.

이 요양원은 라마를 키울 뿐 아니라, 모든 노인이 기호와 취미에 맞춰 살 수 있도록 도와주고, 그들의 상태를 탐정처럼 알아내려고 노력한다. 사람은 기억력이 감소되어도 감정은 그대로 살아 있다고 한다. 어느 치매 전문의는 그들의 문제 행동은 언어능력을 잃어버려서 하게 되는, 세련되지 못한 의사소통법으로 해석한다. 화를 내고, 다른 사람을 공격하는 데는 반드시 이유가 있다고 한다. 관절염 등에 의한 통증 때문이거나, 혼란스럽거나 공포심에 의한 것일 수 있다는 것이다. 그 요양원에서 이런 일이 있었다고 한다. 어떤 노인이 어느 날 갑자기 옆에 있는 사람을 때리기 시작해서 왜 그런지 자세히 관찰해 보았다고 한다. 그랬더니, 밤에는 안 그러고 낮에만 그랬다는데, 그것도 어떤 방에만 가면 그런다는 것이었다. 그 방을 자세히 둘러 보았더니, 햇빛이 너무 강해서 그 노인이 눈을 제대로 뜨지 못할 정도였다고 한다. 그래서 유리창에 차양을 내렸더니 그 행동이 없어졌다고 한다.

　이 기사를 읽으며, 장애인의 문제 행동도 이와 비슷할 거라는 생각이 들었다. 장애인이라고 하면 어둡고 무서운 표정을 연상하는 사람이 있다. 그것은 아마도 장애인들의 문제 행동 때문일 것이다. 나도 진한이를 키우기 전에는 장애인에 대해 그런 선입견을 가진 사람 중 하나였다. 천사표라는 닉네임을 가진 진한이는 늘 웃는 얼굴의 예의 바른 청년이지만, 어렸을 때는 문제 행동이 있었다. 언어발달이 늦어서 그랬을 거라고 짐작하는데, 어렸을 때는 물건을 던지거나 다른 사람의 머리카락을 잡아당기는 등의 행동을 했지만, 다행히 커가면서 그 문제가 해결되었다.

　진한이는 유치원부터 고등학교까지 공립학교에서 통합교육을 받았는데, 그것도 문제 행동을 예방하는 데 큰 역할을 했다. 장애아는 사회생활을 하는 데 적절한 행동을 배우는 능력이 부족하기도 하지만, 고립된 환경에서 자라서 그 능력이 발달될 기회를 갖지 못하는 경우도 많다. 학교에서의 통합교육뿐 아니라 가정에서도 어릴 때부터 가능하면 여러 환경에 많이 노출시키는 것이 좋은 것 같다. 아무래도 어릴 때는 아이가 좀 이상한 행동을 하더라도 눈에 잘 띄지 않는다. 사회성이 부족한 아이를 데리고 밖에 다니는 일이 쉽지는 않겠지만, 장소를 잘 선택하면 부모와 아이는 집을 벗어날 수 있어 스트레스를 풀 수 있고, 아이는 차차 사회성을 익히게 되어 성인이 되면 진한이처럼 아무런 문제가 없게 될 것이다. 음식점, 백화점, 극장, 수족관, 뮤지엄에 가거나 아이와 여행을 하는 것처럼 좋은 경험도 없다. 이런 방문이나 여행을 위해 미리 '상황 이야기'를 만들어 준비하면 크게 도움이 된다.

그리고 문제 행동의 예방에서 빼놓을 수 없는 것이 부모의 심리적 안정감이다. 라마가 치매 노인들에게 도움이 되는 것처럼 말이다. 가정에 장애아가 태어나면 부모는 정신적, 육체적으로 심한 스트레스를 받게 된다. 죄책감이나 우울증에 시달리기도 하고, 다른 사람들로부터 고립되기도 한다. 부모의 이런 상태는 아이의 문제 행동을 유발하는 원인이 된다. 그래서 미국에서는 장애아가 태어나면 병원에서부터 부모에게 소셜워커를 소개해주기도 한다. 소셜워커는 장애아를 키우는 데 필요한 정보를 알려주거나 정신적인 지원을 해준다.

정상아를 가진 부모로부터 소외되기 쉬운 장애아의 부모는 같은 상황에 있는 장애아의 부모들을 만남으로써 큰 도움을 얻게 된다. 이런 단체에 가입하지 않더라도 몇몇 부모가 모여 지원 그룹을 만들 수도 있다. 이런 모임을 통하여 장애인의 부모는 값진 경험과 지식을 교환할 수 있으며, 자신을 이해하는 사람을 만나는 것만으로도 큰 위안을 얻게 된다.

장애인이건 정상인이건 사람은 천사와 악마의 특성을 모두 가지고 있는 것 같다. 사람은 그 능력에 상관없이 공통적인 욕구와 감정을 지니고 있는데, 장애인의 문제 행동도 치매 노인의 경우처럼 충족되지 못하는 욕구의 다듬어지지 않은 감정 표현이라고 볼 수 있다. 언어가 발달되지 않은 어린아이들은 의사 표현의 방편으로 울거나 떼를 쓰고, 심하면 물기도 하고 물건을 던지며, 상대방을 때리기도 한다. 장애인의 문제 행동도 이렇게 이해하면 될 것이다. 문제 행동의 결과를 가지고 체벌하기보다는 그 행동이 일어난 상황을 분석하고 개선하는 방법이 훨씬 더 효과적이다. 『긍정적인 행동 지원*Positive Behavioral Support*』이라는 책에 실린 좋은 사례를 하나 소개한다.

지적장애가 있는 35세의 주디라는 여성은 22세까지 격리된 특수학교에 다녔다. 그는 학교를 졸업한 후 직업훈련 프로그램에 참여하려고 했지만 문제 행동 때문에 할 수가 없었고, 노모와 함께 살고 있었다. 주디의 어머니는 연로하여 더 이상 주디를 보살피기 어려운 상황이었지만, 주디의 문제 행동 때문에 집에서 내보내는 것을 미루고 있었다. 주디는 어머니가 머리를 빗기려 하면 때리고 소리를 지르기 때문에 거의 삭발을 하다시피 했다.

　주디의 문제 행동에 대해 의뢰를 받은 "긍정적으로 문제 행동을 치료하는 단체"에서는 주디의 머리를 기르게 하고, 머리를 빗기기 전에 헤어로션으로 머리를 맛사지해 주었다. 그랬더니 주디의 머리를 빗기는 데 문제가 없었다. 집에서만 시간을 보내던 그녀에게 쇼핑몰에 가서 직접 옷을 고르게 하고, 레스토랑에 가서 외식을 하며 동네를 산책하도록 했다. 그리고 말을 하지 못하는 주디가 의사표현을 할 수 있도록 그림카드를 주어 사용하게 하고, '그만 하세요'라는 수화를 가르쳐 주었다. 주디는 다른 능력에 비해 대근육신경이 발달되어 있어서 여러 가지 운동을 할 기회를 만들어 주었으며, 특히 수영을 정기적으로 하게 도와주었다. 그뿐 아니라, 자신을 관리할 수 있는 여러 가지 기술을 가르쳤다. 이렇게 9개월을 했더니, 주디는 문제 행동이 없어져서 어머니와 살던 집에서 나와 같은 또래의 여성과 함께 살게 되었다. 그리고 이웃의 식료품 가게에서 파트타임 일자리까지 구해 일을 하고 있다.

　사람이 화를 내거나 난폭한 행동을 하는 것은 아이러니하게도 심한 공포심이나 괴로움의 표현일 수 있다. 그래서 표현력에 한계가 있는 장애인에게서 더 생기기 쉬운 문제 행동은 그 표면적인 모습보다 그 내면의 원인을 알려고 접근하는 것이 더 효과적이다.

내 행복이 네게
느껴지길

진리는 바로 내 안에 있다. 몸과 마음을 모으면 마음의 눈이 밝아져
진리가 무엇인지 알게 된다.

아이에게 부모의
데이트가 필요하다

요즘 부모들은 아이를 위해서라면 못할 것이 없는 것처럼 보인다. 아이에게는 가정이 제일 중요한데, 이 가정을 지키지 못하는 부모가 더러 있다. 특히 장애아가 있는 부부의 이혼율은 장애아가 없는 경우보다 더 높다. 그런데 장애아가 있는 가정의 이혼은 '폭풍 속을 항해하면서 배를 부수는 일'이라고까지 한다. 부부는 어려움을 함께 하면서 그 관계가 더 돈독해지기도 하지만, 너무 스트레스를 많이 받으면 상대방을 배려하고 다독거릴 마음의 여유가 없어지기 쉽다.

어느 70대 부부가 변호사를 찾아와서 이혼을 하려고 하니 도와달라고 했다. 변호사는 그 노부부와 친분관계가 있는 사람이어서 왜 그 연세에 이혼을 하려 하느냐고 물어보았다. 그랬더니, 서로 별로 통하는 것도 없고 점점 멀어져서 더 이상 살 수가 없다는 것이다. 그래서 변호사는 할아버지만 살짝 옆방으로 오시라고 해서 이렇게 말했다.

"어르신, 이혼하시기 전에 제 말대로 한 6개월만 해보시고, 그래도 이혼을 하시겠다면 그때 하도록 도와드리겠습니다."

할아버지는 여지껏도 살았는데 6개월을 못 참겠냐고 도대체 뭐냐고 물었다.

그랬더니 변호사는 할아버지에게

"앞으로 6개월간 할머니와 둘이 저녁 때 자주 외식을 하고, 꽃을 사드리며 애정 표시를 해보세요."
라고 했다.

변호사는 그 뒤로 노부부의 소식을 듣지 못했다고 한다. 몇 년이 지난 후, 할머니가 찾아와서 할아버지가 돌아가셨다고 사후 정리를 도와달라고 하면서, 할아버지가 돌아가실 때까지 행복하게 살았다고 했다.

서로 사랑하여 결혼한 부부도 세월이 갈수록 그 사랑이 식어간다고 느낀다. 하지만 그것은 사랑이 식은 것이 아니라 늘 맛난 음식을 먹는 것처럼 느끼지를 못하는 것이라고도 한다. 결혼한 부부도 가끔씩 사랑의 불을 지펴주어야 부부 관계가 제대로 지속된다. 비단 부부뿐 아니라, 어떤 사람과도 같이 즐기는 시간을 가져야 좋은 관계가 유지되지 않는가?

부부도 사랑의 불꽃을 꺼뜨리지 않으려면 함께 재미있게 지

넬 수 있는 시간을 마련해야 한다. 그래야 언짢은 일이 생기더라도 화해하기 쉽고, 어려운 상황에서도 상대방을 배려하는 마음이 들 것이다. 한국을 방문해서 우연히 아침 TV 방송에 어떤 의사가 노후를 행복하게 지내는 방법에 대해 말하는 걸 듣고 웃은 적이 있다. 여성의 행복 조건에는 남편이 들어가지 않지만 남성의 행복 조건에는 꼭 아내가 있어야 한다고 했다. 남편들의 노후의 행복뿐 아니라, 자녀의 행복을 위해서도 앞서 변호사가 권했던 것처럼, 젊어서부터 아내와 데이트를 하고, 꽃 등을 선물하며 애정 표현을 하면 좋을 것 같다.

그런데 아이가 있는 가정에서 부모가 데이트를 하는 것이 쉽지는 않다. 아이를 돌봐주는 사람을 구하는 것도, 저녁식사에 영화구경에 그 비용도 만만치가 않다. 하지만 이혼 후의 손실에 비하면 그 정도 투자는 할 만하지 않은가? 아이에게 장애가 있는 경우, 부부 간의 데이트는 훨씬 더 어려워질 것이다. 언젠가 한국 인터넷에서 장애아를 낳은 후로 한 번도 여행을 가보지 못한 어머니들을 어느 단체의 후원으로 제주도 여행을 시켜준 기사를 읽은 적이 있다. 어떤 어머니는 20년 동안 여행은커녕, 친지들의 가족 행사에도 제대로 못 가보았다고 했다. 이 어머니와 그 부부가 겪었을 스트레스를 상상할 수 있다.

미국에는 장애아를 보살피는 부모가 베이비시터를 쓸 수 있도록, 정부에서 주관하는 레스핏 케어respite care라는 제도가 있다. 1년에 일정 횟수만큼 아이를 돌봐줄 사람을 집에 보내주거나, 부모가 사람을 고용할 수 있도록 재정 지원을 해주는 제도다. 그리고 부모가 여행을 가야 할 때는 아이를 숙박시키며 봐줄 사람을 구해준다. 한국도 최근 임시 간호 서비스가 시행되고 있다고 하니 다행한 일이다.

부모가 휴식을 취해야 아이를 제대로 돌볼 수 있다. 그뿐 아니라, 부부가 때때로 아이를 떠나 좋은 시간을 보낼 수 있도록 해주어야 이혼을 줄일 수 있고, 그래야 국가가 그 아이의 어머니나 아이를 보살피는 경비를 줄일 수 있다. 하지만 요즘은 미국의 경제상황이 좋지 않아 레스핏 케어에 대한 정부의 지원이 많이 줄었다. 얼마 전 장애아 부모를 위한 워크숍에 갔더니, 어느 교수가 정부의 보조를 받지 않고 레스핏 케어를 사용할 수 있는 방법을 제시하였다. 대학의 교육학과, 특수교육학과, 재활학과 같은 곳에서 학생들의 실습을 부모가 레스핏 케어를 받을 수 있는 기회로 만들면 좋겠다는 것이다. 그리고 요즘 미국에는 베이비시터를 구하는 인터넷 사이트에 장애아를 돌보는 교육을 받은 베이비시터가 따로 나와 있다. 장애가 있는 가정끼리 교대로 돌봐주는 것도 좋은 방법이다.

부부를 맺어주는 결혼식을 성대히 하는 것은 그 두 사람의 사랑을 약속하는 것뿐 아니라, 그 결혼을 잘 지킬 수 있도록 주변 사람들에게 지켜봐달라고 하는 의미도 있을 것이다. 장애가 있건 없건 어린아이가 있는 부부가 데이트를 할 수 있도록 부모나 친척, 친구들이 가끔 아이를 돌봐주면 좋겠다. 우리 이웃에 자폐증이 있는 잭의 할아버지, 할머니는 매년 잭의 부모 결혼기념일에 아이를 맡기고 여행을 가라고 뉴욕에서 오신다. 그리고 우리 옆집 할머니 바바라는 진한이를 자기에게 맡기고 남편과 데이트를 하라고 하신다.

행복한 부부가 행복한 아이를 키운다. 부모에게 아이를 키우는 일보다 중요한 일은 없지만, 때로는 아이를 떠나 둘만의 오붓한 데이트를 즐기는 것이 아이를 위하는 일이기도 하다.

내 문제의 해답을
가장 잘 아는 사람은
바로 "나"다.

내 안의 친구를 만나는 일

슬픈 일이건 화나는 일이건 묻어두면 병이 되는 법이다. 이런 마음을 털어놓고 얘기할 수 있는 친구라도 있으면 좋으련만, 이런 행운이 있는 사람은 많지 않다. 하긴 현대에는 이런 친구의 역할을 대신해주는 카운셀러라는 직업이 있긴 하지만, 그것도 누구에게나 가능한 건 아니다. 이럴 때 나는 점보 사이즈 아이스크림을 먹기도 하고, 살 것도 없는데 쇼핑을 가기도 한다. "그럴 땐 술이 최고야"라고 하는 사람도 있다. 하지만 이런 것들은 모두 일종의 도피책일 뿐 궁극적인 해결방법은 아닌 것 같다.

얼마 전부터 나는 기가 막히게 좋은 속풀이 방법을 하나 발견하게 되었다. 이 방법은 내가 미국이라는 객지에 하도 오래 살다 보니 궁여지책으로 하게 된 것인데, 알고 보니 정신건강 전문가들도 추천하는 방법이었다. 그리고 무엇보다 술이나 쇼핑과 달리 뒤끝도 없고 효과도 높다.

나는 속상하고 힘든 일이 생기면 언제 어디서건 글을 쓰기 시작한다. 그리고 이런 얘기는 일기처럼 노트에 써서 모아두지 않고 찢어버린다. 이걸 어떤 친구에게 얘기했더니

"그건 너나 할 수 있는 거지. 나는 글을 쓰다가 스트레스가 더 쌓이겠다."

라고 했다. 물론 이건 모든 사람의 취향에 맞는 방법은 아닐지도 모르겠다. 하지만 글을 쓸 수 있기만 하면, 누구나 할 수 있는 가장 손쉽고 효과적인 방법이라고 심리학자들은 입을 모아 말하고 있다. 단지 글 쓰는 것에 대한 선입견을 바꾼다면 말이다. 이때 쓰는 글은 누구에게도 보여줄 필요가 없는 자기 자신만이 읽는 글이다. 일기가 그런 경우라고 할 수 있다. 물론 일기를 어렸을 때 숙제로만 써본 사람들은 일기조차도 남이 읽는 글이라는 개념을 잠재의식 속에 가지고 있을지도 모른다.

내가 속상할 때 쓰는 글은, 글이라기보다는 마치 좋은 친구를 만나 얘기를 하는 것과 같다. 말의 앞뒤가 안 맞아 횡설수설하고 감정이 격해져서 울더라도 다 이해해줄 것이라고 생각하고, 마음 속에 있는 그대로 다 쏟아낸다. 그래도 자신의 글이 잘 써졌나 자꾸 신경이 쓰이는 사람은 그런 생각의 여지가 없도록 빨리 써내려가면 된다.

밤잠을 못 자게 하는 걱정거리가 있을 때는 뒤척이며 괴로

워하지 말고 일어나서 글로 그 생각들을 다 쏟아내는 것이 낫다. 그러면 잠을 잘 수 있게 된다. 나는 꼭 조용하고 한가한 시간이 아니더라도 가방이나 차 안에 종이와 펜을 항상 두고 다니다가, 머릿속에 생각이 엉키거나 마음이 산란해지면 언제 어디서건 글을 쓰기 시작한다. 그러면 아무리 힘들고 걱정스럽고 화가 나고 슬픈 일들도, 그걸 꺼내서 글로 쓰다 보면 그 부정적이고 격렬하던 감정이 사그라지고, 그 자리에 긍정적인 생각이 채워지며 기쁨과 용기가 생긴다. 화, 불안, 슬픔 같은 부정적인 감정은 되도록 피하려고 하지만 아이러니하게도 그것과 맞닥뜨려 씨름을 하다 보면 없어지는 것 같다.

미국에 사는 동안 나는 카운셀러를 몇 번 만나러 간 적이 있다. 카운셀러를 만난 경험이 있는 사람들은 다 알겠지만, 그 사람에게서 무슨 해답을 들으려고 갔는데 결국에는 혼자 떠들다 오는 경우가 많다. 하지만 그런데도 뭔가 문제의 실마리를 찾아가지고 온다. 사실 신이 아닌 다음에야 사람들 각자가 가진 그 복잡한 인생 문제의 해답을 누가 줄 수 있겠는가? 그래서 어떤 사람은 카운셀러를 만나러 가지 않는다고 한다. 자신의 문제에 대한 해답을 가장 잘 알고 있는 사람은 바로 자신일지도 모른다. 카운셀러는 모든 사람의 문제에 대한 해답을 알려주는 것이 아니라, 상담을 받으러 온 사람이 자신의 문제점을 얘기함으로써 스스로 그 해답을 발견할 수 있도록 도와주는 산파와 같은 역할을 하는 것 같다.

어떤 문제에 부딪혔을 때 그것에 대해 글을 쓰게 되면, 카운셀러를 만나는 것과 같은 효과를 얻을 수 있다. 제미 페니베이커Jamie Pennebaker라는 심리학자는 심리적 상처를 치료하는 가장 좋은 방법이 글로 쓰는 것이라고 했다. 어느 대학의 연구 결과에 따르면, 규칙적으로 일기를 쓰는 것은 면역 세포를 강하게 하고, 힘든 일에 대한 스트레스를 줄여주며, 생각과 감정을 뚜렷하게 해준다고 한다. 그뿐 아니라 일기를 쓰게 되면 자신을 잘 이해하게 되기 때문에 행복하고 자신감 있는 사람이 되며, 다른 사람과의 갈등을 객관적으로 볼 수 있어 인간관계가 원만한 사람이 되는 데 도움이 된다고 한다.

리처드 칼슨Richard Carlson은 『10대들이여, 조그만 일에 연연하지 마라Don't Sweat The Small Stuff For Teens』라는 책에서 가슴을 억누르고 있는 감정을 글로 적는 것도 좋지만 감사한 일에 대해 일기를 쓰는 것은 더 큰 효과가 있다고 했다. 그렇게 하면 그 사람은 인생을 긍정적인 측면에서 보게 될 것이고 그 삶은 점점 더 밝게 변하게 될 것이기 때문이다.

장애아를 키우는 부모들은 아이가 장애아인 것을 알았을 때의 상실감에서부터 그 아이를 키우며 맞닥뜨리는 크고 작은 어려움들, 주위 사람들과의 갈등들을 겪으며, 때로는 누구에게도 이해받지 못하고, 누구에게도 도움받을 수 없는 막다른 길에 맞닥뜨린 것같이 느낄 때가 있을 것이다. 그럴 때, 그 생각과 감정을 글로 쓰면 좋은 친구를 얻은 것처럼 느끼게 될 것이다. 그리고 만날수록 우정이 깊어가서 그 친구 하나만으로도 외로움을 느끼지 않을 뿐 아니라 용기와 희망을 잃지 않게 될 것이다.

내 안에 있는 친구를 만나는 것은 항상 같이 있으면서도 잊고 있던 진정한 나를 찾는 일이라고 할 수 있으며, 사실 그것은 꼭 글을 써야 이루어지는 것은 아니다. 어떤 사람은 기도나 명상을 통해서, 어떤 사람은 자연 속에서 조용한 시간을 가짐으로써 이루어진다고 한다. 그 중 글로 표현하는 일은 일상 속에서 이리저리 흩어지는 자신의 생각들을 종이라는 용기에 담아 잘 들여다볼 수 있는 편리한 방법일지도 모르겠다.

우리 엄만 늘 피곤해

아이들이 집에 올 시간 30분 전이 되면 나는 모든 일을 내려놓
고 아이들을 맞을 준비를 한다. 그 준비란 다름 아닌 내 지친
몸과 마음을 새롭게 하는 일이다. 편한 옷으로 갈아입고, 해가
잘 드는 소파에 앉거나 여름이라면 선풍기라도 틀어놓고 시원
한 곳에 누워 잠시라도 편하게 쉰다. 조용한 음악을 틀어놓고
차를 마시기도 하지만, 나는 자주 눈을 감고 해변이나 강가로
떠나기도 한다. 하늘거리는 파란 원피스를 입고 차양이 넓은
모자를 쓰고 앉아서 따뜻한 햇살과 살랑거리는 바람을 느껴본
다. 그러다 보면 사르르 잠이 들어, 살풋 자고 나면 아이들 올
시간이 된다. 얼른 아이들이 먹을 간식을 꺼내놓고, 딩동~ 벨
소리가 나면 춘향이가 이도령을 맞이하듯, 얼굴에 활짝 미소
를 짓고 버선발로 뛰어나가 아이들을 반긴다.

　나는 아침 7시에 출근을 해서 1시에 퇴근을 한다. 집에 오

는 길에 잠시 장을 보러 가기도 하고 집에 와서 아침에 어질러 놓은 것을 치우다 보면 어느새 아이들 올 시간이 된다. 그러면 반가운 마음보다는 '아휴 어느새 그 시간이 되었나. 좀 더 있다 오지'라는 생각이 들 때가 많았다. 그런데 몇 년 전, 나의 이런 생활 패턴을 바꾸어 주는 일이 생겼다.

아이들이 잠잘 시간이 되어, 진한이가 이 닦는 것을 도와주고 있었다. 그때 나는 별것 아닌 일로 아이들에게 역정을 내고 나서

"엄마가 오늘 좀 피곤하구나."

라고 했다.

그랬더니 옆에 있던 영한이가

"엄마는 오늘뿐 아니라 맨날 피곤해요."

라는 것이었다.

그 말을 듣고 나는 머리를 한 대 맞은 것처럼, 우리 학교의 학부형에게서 받은 크리스마스 카드가 떠올랐다. 거기에는 이렇게 써 있었다.

우리 아이가 선생님이 자기를 보고 늘 웃으신다고 했어요. 그래서 저는 선생님이 우리 아이를 사랑하시는구나 라는 생각이 절로 들었어요.

그런데 나는 집에 와서 우리 아이들에게는 피곤하고 지친 얼굴로 대했구나. 우리 아이들은 그런 나를 보고 어떤 생각을 했을까? 그날 밤 나는 영한이의 말이 맴돌아 잠을 잘 수가 없었다. 그 다음날부터 나는 아이들이 올 시간 30분 전엔 모든 일을 내려놓고 피로를 회복하고 편안하고 웃는 얼굴로 아이들을 맞게 되었다.

늘 피곤하고 지친 모습을 하고 있는 부모에게서 자란 아이들은 사랑을 느끼지 못하기가 쉽다. 옆에 있는 사람이 찡그린 얼굴을 하고 있으면, '내가 뭘 잘못했나'라는 생각을 하기 쉽다. 어른들이야 '저 사람 뭘 잘못 먹었나'라고 지나칠 수도 있지만 아이들은 그렇지가 않다. 우울한 얼굴을 하고 있는 부모에게서 자란 아이는 사랑받는다고 느끼지 못해서 자신감이 없는 아이로 자랄지도 모른다.

아이를 키우는 일이 다 쉽지 않지만, 특히 장애아를 키우는 부모는 전쟁에 나가 있는 군인과 맞먹는 스트레스를 받는다는 기사를 읽었다. 게다가 그 부모는 전쟁이 끝날 것이라는 희망도 없으니 우울증에 빠지기도 쉽다. 우울한 어머니는 화를 잘 내고 별것 아닌 걸로 아이들을 야단치거나 지나치게 간섭을 하게 될지도 모른다.

내가 알고 지내는 셀리라는 미국인 할머니가 있다. 셀리는 내 영어 선생님이었는데 오랫동안 우울증으로 고생하고 있다.

그녀는 어느 날 내게 이렇게 말했다.

"나는 바로 우리 엄마예요. 우리 엄마는 자기를 좋아하는 사람이 없다고 하며 항상 슬픈 얼굴을 하고 있었는데 내가 지금 바로 그래요."

부모의 우울증은 부모 자신뿐 아니라 아이에게도 영향을 미쳐 아이도 우울증 상태가 될 수 있다고 하니 예방과 치료에 각별히 신경을 써야 할 것이다.

전문가들이 권하는 우울증 예방과 치료방법을 요약하면 다음과 같다.

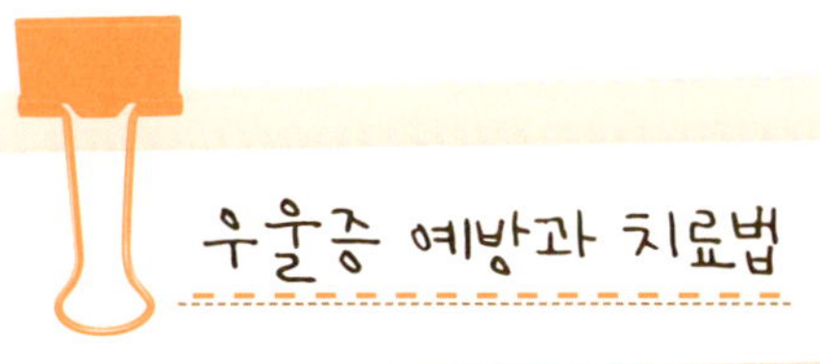

- 좋은 친구관계를 유지하여 고립되지 않도록 한다. 장애아의 부모는 장애인 부모 단체에 가입하거나 몇이라도 모여 장애인 부모의 만남을 정기적으로 가지는 것도 좋다.
- TV나 인터넷을 줄이고 충분히 수면을 취한다.
- 일주일에 적어도 세 번 30분씩 운동을 한다. 건강에 무리가 되지 않으면 땀이 나고 심장이 뛰는 힘든 운동을 하는 것이 스트레스 해소에 효과적이다.

- 매일 아침 햇볕이 뜨겁지 않을 때 햇볕을 15분 정도 쬐도록 한다.
- 건강한 음식을 먹는다 ― 음식으로 영양 섭취가 부족하다고 생각하면 오메가 3가 많이 들어 있다는 생선기름과 비타민을 첨가한다.
- 일기를 써서 자신의 과거나 현재의 생각을 꺼내보고 정리한다.
- 자신의 삶의 의미와 목적을 찾는다.

부모는 자신에게 시간을 할애하여 몸과 마음을 보살피는 일이 자녀를 사랑하는 방법이라는 것을 잊지 말아야 할 것이다.

동병상련

장거리 운전 공포증이 심한 내가 보스턴을 벗어나 한 시간 반이나 걸리는 우스터에 다녀왔다. 출퇴근을 하고 동네에서 왔다갔다 하는 것 외에 고속도로를 운전하는 건 늘 남편의 몫이었다. 그런 내가 이번 장거리 운전의 모험을 하게 된 것은 어느 학회에 가기 위해서였다. 성인 장애인의 사회통합이라는 내게는 아주 중요한 주제의 학회였다. 그리고 이 학회의 기조연설을 맡은 사람은 작년 여름 내가 진한이의 취업 문제를 해결하기 위해 로스앤젤레스에서 만났던 스트룰리Strully 씨였다.

스트룰리 씨는 장애인에 관한 책을 읽다 우연히 알게 된 분이다. 나는 그때 진한이의 취업 문제로 사방에 촉각을 곤두세우고 있었는데, 마침 그분의 글을 읽게 되었다. 스트룰리 씨는 로스앤젤레스에서 모든 장애인을—물론 중증장애인까지도—사회에 통합 취업시키는 단체를 운영하고 있다. 그리고 자폐증이 있는 딸의 부모이기도 해서 더 만나고 싶었다.

진한이는 유치원부터 고등학교까지 미국에서 통합교육을 받았지만, 막상 졸업을 하고 나니 더 이상 갈 수 없는 막다른 길에 들어선 것 같았다. 학교 교육은 성인이 되어 사회생활을 하기 위한 준비 과정이어야 하는데, 미국도 성인의 사회통합은 아직 초보단계에 있는 것 같다. 진한이의 고등학교에서는 사회전환 교육의 일환으로 파트타임 직장을 구해주어 그 일을 연습하도록 도와주었다. 그런데 졸업을 하고 나니 그 직장을 지키기도 다른 직업을 구하기도 어려운 현실이었다. 다른 직업을 구하기가 어려우면 매일 다른 장애인들과 조그만 방에서 하루종일 봉지에 단추를 담는 일을 하고 앉아 있어야 한다는데 그건 받아들일 수가 없었다.

나는 스트룰리 씨가 쓴 사회통합 취업에 대한 글을 읽으면서 그것이 어떻게 현실적으로 가능한지 구체적으로 잘 이해가 되지 않았다. 그래서 로스앤젤레스에 있는 그분의 사무실로 찾아가게 되었던 것이다. 스트룰리 씨는 첫인상부터 혹시 장애가 있는 사람이 아닐까라는 생각이 들 정도로 보통사람들과는 달랐다. 하지만 그분은 장애인에 관해서는 전문가 중의 전문가였으며, 마치 다른 세상에서라도 가져온 듯한 새로운 시각을 가지고 있었다. 스트룰리 씨가 운영하고 있는 제이 놀란 커뮤니티 서비스Jay Nolan Community Services라는 단체는 실제로 장애의 정도와는 관계없이 장애인을 사회에 통합 취업시키고 있다고 했다. 그리고 그 일을 가능하게 하는 것은 장애인 각자의 특별한 상황에 맞춘 창의적인 아이디어라고 했다. 보스턴에도 자기와 같은 생각을 가진 사람들이 있으니 로스앤젤레스까지 올 필요가 없었다고 했다. 나는 스트룰리 씨가 알려준 이름과 전화번호, 이메일 주소들을 한 페이지 가득 받아들고 보스턴으로 돌아왔다.

며칠 전 우스터의 학회에서 다시 만난 스트룰리 씨는 강연을 시작하기 전, 열대나무와 꽃이 그려진 하와이언 셔츠를 입고 강연대 옆에 앉아 있었다. 스트룰리 씨와 나는 두 번째 만남을 오랜 친구라도 만난 듯 반겼다. 이 학회에서 나는 스트룰리 씨뿐 아니라 다른 반가운 사람들을 많이 만나게 되었다. 이번 학회의 주최자는 태쉬TASH라는 장애인 협회였다. 태쉬는 미국뿐 아니라 전 세계에 회원을 가지고 있는 국제적인 단체이며, 장애인의 사회통합에 선구자 역할을 하고 있다. 태쉬의 회원은 장애인을 위한 일에 관련된 모든 분야의 사람, 즉 대학교수, 장애인 기관에서 일하는 사람, 장애인의 부모, 장애인 본인들이다. 학회에 가면 강연에서 정보를 얻는 것 못지 않게 여러 분야의 사람들을 만나는 것도 값진 일이다.

나는 장애아의 부모를 만나면 처음 만나는 사람이더라도 마치 가족이라도 만난 듯한 느낌이 든다. 이번 학회에서는 점심을 먹으며 같은 테이블에 앉게 된 두 부인과 이야기를 나누게 되었다. 그 중 한 부인은 딸에게 장애가 있다면서 인사를 했다. 그 부인은 마흔 살 된 딸을 둔 사람이라고 믿어지지 않게 젊고 건강해 보였다. 그 옆에는 여덟 살 된 자폐증이 있는 아들이 있다는 젊은 어머니가 심각한 얼굴로 앉아 있었다. 우리는 점심을 먹으며 마치 오랜 친구처럼 아이들에 관해 물어보고, 자기 아이라도 되는 듯 귀 기울여 서로의 얘기를 들었다.

장애아를 키우는 일은 처음엔 어떻게 감당해야 할지도 모르고, 어려움을 함께 나눌 사람을 찾기 힘들어 더 어렵게 느껴진다. 하지만 아무리 힘든 일이라도 잘 견뎌내기만 하면 마음에서 꽃이 피고 향기가 난다. 그 향기는 어려움을 겪어본 사람만이 맡을 수 있는 것인지도 모르겠다.

마음 모으기

아직은 흉내 내는 단계이긴 하지만, 진한이와 나는 요가와 명상을 하곤 한다. 우선 두 팔을 위로 쭉 펴서 팔꿈치를 귀에 닿게 하고, 그런 다음 한쪽 다리를 교대로 구부려 올려 한 발로 서고, 다시 두 팔을 내려 손바닥을 마루에 닿게 하고, 그 다음은 고양이 자세 그리고 아기 자세…

진한이와 내가 요가를 배운 건 우리 시어머님한테서였다. 우리 시어머님은 30년도 넘게 요가를 해왔고, 이제 여든이 넘었는데도 물구나무서기도 하고 발레리나처럼 다리를 일자로 벌리시기도 한다. 15년 전에 시아버님이 돌아가시면서 건강이 많이 나빠져 요가와 단전호흡을 제대로 배우고 아주 건강해지셨다.

서울에 사시는 시어머님은 가끔 미국에 있는 우리 가족을 보러 오신다. 보통 한 달쯤 계시다 가시는데, 우리 집에 오셔도 하루도 거르지 않고 매일 두어 시간씩 요가와 명상을 하신다. 진한이는 어쩌다 만나는 할머니가 너무나 좋아서 늘 할머니 곁에 있다가, 요가를 하실 땐 따라 하고, 명상을 하실 땐 그 옆에서 낮잠을 자곤 했다. 나는 시어머님으로부터 요가자세 중 쉬운 것 몇 가지를 배워 매일 하고 있다. 아침에 5분, 점심 때 5분, 자기 전 5분 정도 하는 것만으로도 결혼 전부터 있던 요통이 없어졌다.

요가는 몸동작도 중요하지만 무엇보다 복식호흡을 배워 같이 해야 한다. 나는 성격이 느긋한 편이 아니어서 좌선을 하고 호흡을 연습하는 것이 무척 힘이 들었다. 첫 해에는 단 5분도 제대로 앉아 있지 못하고, '전화할 일이 있는데', '냉장고에 과일이 얼마나 남았나'라며 일어나곤 했다. 게다가 숨 쉬는 것을 새삼스레 의식하니, 숨이 가쁘고 더 불편하게 느껴졌다. 하지만 그렇게 몇 년을 하다 보니 복식호흡을 내 나름대로 몸에 익히게 되었다. 그리고 어디선가 들은 이 말의 뜻을 좀 알 것 같기도 하다.

진리는 바로 내 안에 있다. 몸과 마음을 모으면 마음의 눈이 밝아져 진리가 무엇인지 알게 된다.

이렇게 해가 갈수록 앉아 있는 시간이 늘어 한가한 주말 아침에는 한 시간 가까이 명상을 할 수 있게 되었다. 그러고 나면 긴장했던 몸과 마음이 풀어져 날아갈 것같이 느껴진다.

진한이는 유치원부터 고등학교까지 학교에서 물리치료를 받았다. 그 아이는 신체장애는 없다고 하지만 사실은 신체발달도 아주 어렸을 때부터 정상적인 아이들과 달랐다. 진한이는 걸을 때나 앉아 있을 때나 몸이 반듯하지 않고 움직임이 자연스럽지 않으며 균형 감각도 부족하다. 진한이뿐 아니라 지적장애가 있는 많은 사람들이 비슷한 문제를 가지고 있는 것 같다.

성인이 되니 진한이의 자세가 구부정한 것이 더 눈에 띈다. 걸을 때 보면 팔꿈치를 구부리고 앞으로 쏠린 채 앞꿈치로 걷는다. 그리고 아침에 일어나 어깨가 아프다고 해서 물리치료를 받으러 가곤 한다. 물리치료사는 진한이의 등 아랫부분 근육이 약하고 다리 뒷부분의 근육은 수축되어 자세가 구부러지고 등이나 어깨에 통증이 생길 수 있다고 했다. 그래서 등 아래 근육을 강하게 하고 다리 근육을 스트레칭하는 운동을 하고 있다. 어렸을 때부터 이걸 알고 운동을 해왔더라면 좋았을 거라는 생각이 든다.

이렇게 장애가 있는 아이들은 근육뿐 아니라 마음도 수축되기 쉽다. 진한이를 데리고 지압을 받으러 갔더니 그 지압사는 긴장을 많이 하는 사람은 어깨와 등 근육이 뭉치고 자세가 구부러진다고도 했다.

요가는 진한이의 수축된 몸과 마음을 풀어주는 데 좋은 것 같다. 진한이와 나는 요가를 한다고는 해도 아직 시어머님처럼 양다리를 일자로 하는 데는 근처에도 못 간다. 몇 년간 했더니 겨우 상체를 앞으로 구부려 양손을 마룻바닥에 닿는 것 정도를 할 수 있게 되었다. 요가를 할 때는 스트레칭도 하지만 내가 중점을 두는 것은 몸과 마음을 모으는 일이다.

진한이는 지적장애뿐 아니라 주의력결핍에 과다행동장애가 있었다. 사춘기부터 과다행동 증세는 완전히 없어졌지만 여전히 주의력결핍의 증상은 남아 있다. UCLA의 자일로우스카 Zylowska 교수가 주의력결핍이 있는 성인과 청소년에게 호흡에 중점을 두고 명상을 하게 했다고 한다. 그랬더니 주의력뿐 아니라 자신을 통제하는 능력까지 향상되었다고 한다.

요가를 시작하면 진한이는 늘 요가와 상관없는 얘기를 시작한다. 영화 얘기, TV 얘기, 야구 얘기…

"진한아, 지금 그 얘기는 스위치 *끄고* 네 몸에만 집중해보자. 자… 팔을 올리고… 팔이 느껴지니? 무릎은 펴 있고? 발이 마루에 닿는 게 느껴지니?

나무 포즈, 산 포즈…. 이제 천천히 앉아 다리를 포개고 오옴~ 하며 눈을 감고… 숨을 후 하고 길게 내쉬고, 그 다음 들이마시고, 힘들지만 입을 다물고 코로 한 번 해보자… 공기가 코로 느껴지니?"

진한이뿐 아니라 나도 몸과 마음이 함께 있지 않을 때가 많다.

요가를 하며 진한이와 함께 하는 조용한 시간. 우리는 바깥 세상의 많은 일들을 떠나 우리 집 안으로… 진한이의 아늑한 방 안으로… 진한이와 내 가슴 안으로 마음 모으기를 한다.

적당히, 지나치지 않게
햇볕을 쪼이면 뼈와 신진대사,
면역에 도움이 되고

무엇보다 기분이 좋아져서
정신건강을 유지하는 데 좋다.

태양이 주는 축복

9월에 35도라니, 여름 내내 인내심을 가지고 있었는데 더 이상 참기가 어렵다. 아침부터 에어컨을 틀고 있어도—그래서인가—몸도 마음도 개운치가 않다. 창 밖에는 파이프를 고치느라 땅을 파고 있는 아저씨가 보인다. 어휴, 얼마나 더울까?

오늘은 목요일, 장이 서는 날. 진한이가 퇴근하고 오면 같이 장에 가기로 했는데 아무래도 너무 더워서 안 가는게 낫겠다. 하지만 목요일은 진한이가 하루 종일 좁은 실내에 앉아서 일을 하는 날이다. 그리고 이번 주 내내 30도가 넘어 외출을 한 번도 하지 못했다. 그래서인가? 항상 웃는 얼굴의 진한이가 자주 골을 낸다. 햇볕을 쬐면 기분이 좋아진다는데… 그래, 오늘은 뜨거워도 나가야겠다. 또 내일은 태풍이 온다니 나갈 수가 없을 게다.

오후 네 시, 벨을 누르는 소리가 났다. 나는 문을 열어주자

마자 진한이에게

"진한아 장 열리는 데 갈까? 아이스 커피도 마시고…"

라고 물었다.

진한이는

"오케이."

라고 하며 자기 방으로 가서 반바지로 갈아입고, 선글라스가 든 파란 외출가방을 들고 온다. 우리는 썬크림을 꼼꼼히 바르고, 진한이는 야구모자를, 나는 얼굴이 푹 덮이는 하얀 모자를 쓰고 밖으로 나갔다.

거리의 날씨는 생각보다 쾌적했다. 밖으로 나오니 오히려 기운이 나고 머리가 맑아지는 느낌이다. 전철역 앞에는 사람들이 북적거리고, 건널목 옆에는 늘 휠체어에 앉아 오가는 사람을 구경하고 있는 아저씨가 오늘도 나와 있다. 아저씨는 언제부터 나와 있는 것일까? 이렇게 밖이 더워도 집에 있는 것보다 나은가 보다.

이렇게 햇볕이 뜨거운데 거리에는 나처럼 모자를 눌러 쓴 사람도 양산을 쓰고 있는 사람도 없다. 햇볕이 피부암과 주름을 만든다고 그렇게 떠들어도 이 사람들은 아랑곳하지 않는가 보다. 주황색 끈달이 셔츠에 하얀 반바지를 입은 아가씨, 하늘색 꽃무늬가 있는 하늘색 민소매 원피스를 입은 아주머니, 모두 이 땡볕 아래 인상도 안 쓰고 좋아라고 걸어다닌다.

장에 가까이 오니 나이 든 부인들이 많다. 셔츠부터 스커트에 샌들까지 내가 좋아하는 연둣빛 파스텔 톤으로 맞춰 입은 멋쟁이 할머니도 보인다. 아이 키우느라, 직장일 하느라 바쁜 젊은 사람들은 이 시간에 오기가 쉽지는 않겠다.

그늘 하나 없는 곳에 텐트를 치고 농작물을 팔고 있는 농부들. 그런데 농부라는 말이 아무래도 안 어울리는 모습이다. 백인들은 햇볕 아래에서 일을 해도 얼굴이 그을리지 않는가 보다. 농장에서 나왔다는데 얼굴이 뽀얘서 도시사람인지 시골사람인지 구별이 안 된다. 농작물을 팔고 있는 사람들, 장을 보러 온 사람들 모두 이 뜨거운 햇볕 아래 행복한 얼굴들이다.

요즘 장에 제일 많은 것이 토마토다. 크기는 방울토마토에서부터 애 머리만한 것까지, 생김새는 동글동글한 것, 풍성한 아낙네 엉덩이같이 펑퍼짐한 것… 미국 토마토는 참 종류도 많다. 토마토 말고도 호박, 옥수수, 감자, 상치, 수박도 있다. 내가 이맘때 즐겨 사는 것은 달콤한 향이 물씬 나는 황도다. 슈퍼마켓에 나오는 것보다 작긴 해도 더 달고 향이 짙다. 그래서 많이 사다 두고두고 먹고 싶어도 어찌나 잘 익었는지 들고 가기도 두고 먹기도 어려워 늘 대여섯 개밖에 못 산다.

이곳엔 과일과 야채뿐 아니라 파이도 있고 꿀도 있고 생선까지 팔고 있다. 서울 친정의 길 옆에서 생선 팔던 할머니가 생각난다. 그 할머니의 모습은 그동안 사람은 한두 번 바뀌었는지 모르지만 내가 서울에 살던 30년 전이나 지금이나 별로 달라진 것이 없다. 그늘에다 얼음에 잰 생선을 펴놓긴 해도, 파라솔도 없고 더운데 그냥 생선을 내놓고 있다.

이곳 생선장수는 아가씨인지 아주머니인지는 모르겠지만 머리를 시원하게 뒤로 묶고 하얀 민소매 티셔츠에 예쁜 꽃무늬 반바지를 입고 있다. 마치 스포츠센터에서 일하는 사람처럼 체격도 좋고 에너지도 넘쳐 보인다. 그리고 하얀 텐트 아래서서 아이스박스를 여러 개 놓고 있다. 그런데 생선은 보이지 않고 생선 종류와 가격이 쓰인 표지판만 테이블에 놓여 있다. 줄을 서서 기다리다 달라고 하면 아이스박스에서 지퍼백에 든 생선을 꺼내준다. 그 안에는 원하는 무게만큼 포만 뜬 생선이 들어 있다. 미국사람들은 대체로 통생선보다는 살만 발라놓은 것을 먹으니 팔기도 편하겠다.

요즘 한창인 해바라기꽃을 파는 사람도 있고 아이스크림 트럭도 와 있다. 몇 년 전만 해도 진한이와 나는 여기서 아이스크림을 자주 사먹었다. 그런데 진한이는 이제 아이스크림보다는 오는 길에 아이스 커피를 사서 들고 오는 것을 좋아한다. 햇볕 내리쬐는 한여름, 길에서 마시는 아이스 커피의 시원함이란 이루 말할 수가 없다.

올 여름은 유난히 뜨거웠고 비도 적당히 내려서 농작물이 잘 되었다고 한다. 통통하고 큼직한 옥수수 세 개, 향기 물씬 나는 복숭아 다섯 개, 오이지 담글 오이 15개, 오늘 저녁 불고기를 싸먹을 상추 한 단, 그리고 자그마한 수박도 한 개 샀다.

진한이와 나는 한여름 오후의 뜨거운 햇볕을 받으며 잘 익은 농작물들처럼 기분이 탱글탱글 영글어 집으로 왔다.

요즘은 햇볕에 대해 공포심을 가지고 있는 사람들이 많다. 하지만 적당히, 지나치지 않게 햇볕을 쬐면 뼈와 신진대사, 면역에 도움이 되고, 무엇보다 기분이 좋아져서 정신건강을 유지하는 데 좋다고 한다.

큰 나무 꼭대기에 홍관조라는 새가
진홍색 코트나 깃을 세운 멋진 모자를 뽐내며
노래를 부르고 있었다

그 모습을 보니 나도 온 몸에 기쁨이 솟구쳤다.

산책에 중독되다

아침에 일어나니 오랜만에 햇살이 환하고 재잘재잘 새들이 지저귄다. 어서 산책 나가야지… 워킹팬츠와 셔츠를 집어들다 생각하니 아직 주말이 아니구나. 이제 곧 남편과 아이들이 일어날 테니 나중으로 미루어야겠다.

나는 이렇게 꼭 날씨가 좋은 날뿐 아니라, 비가 오거나 눈이 오거나, 춥거나 덥거나 상관없이 하루라도 산책을 안 나가면 좀이 쑤신다. 비가 오면 비가 오는 대로 추우면 추운 대로 다 재미가 있다. 어떤 때는 하루에도 몇 번씩 산책을 가고 싶다. 아무래도 산책에 중독되었나 보다.

기분이 좋으면 좋아서, 어떤 땐 기분이 꾸물꾸물하거나 소화가 안 돼서 산책을 간다. 그렇게 산책을 갔다 오면 기분이 좋을 땐 더 좋아지고 컨디션이 안 좋을 땐 기분이 풀어지고 몸이 개운해진다.

기분 좋은 일을 하면 자꾸 하고 싶어지고 말하자면 중독이 된다. 마약이나 알코올도 결과는 좋지 않아도 그 이치는 마찬가지다. 기분이 좋아지니까 자꾸 하게 되는 것이다.

내가 살고 있는 브루클라인Brookline이란 곳은 번화한 보스턴 시내에서 멀지 않지만 나무들, 새들이 제법 많아 산책하기가 좋다. 그래도 출퇴근 시간에는 길이 붐비기 때문에 산책하기 좋은 시간은 아무래도 주말 아침이다.

주말 아침 산책을 나가면 늘 다니던 길이지만 마치 다른 세상에라도 온 것 같다. 공기도 거리풍경도 아주 다르다. 사람은 없고 새들과 다람쥐들만 나와 분주히 움직인다. 며칠 전에는 "쯔르르~ 또또" 귀에 익숙하지 않은 새소리가 들리길래 사방을 둘러보니 큰 나무 꼭대기에 홍관조라는 새가 혼자 앉아 있었다. 진홍색 코트와 깃을 세운 멋진 모자를 뽐내며 노래를 부르고 있었다. 그 모습을 보니 나도 온몸에 기쁨이 솟구쳤다. 이렇게 아름다운 곳에 머무를 수 있는 감사함. 아직 건강하게 걸을 수 있는 감사함. 더 이상 무엇을 바랄 것인가? 아직 자고 있는 가족이 생각나고 내가 사랑하고 사랑받을 수 있는 가족이 있다는 것이 더없이 감사했다.

나는 서울을 방문해서 친정 어머니댁에 머물 때에도 매일 산책을 나간다. 우리 어머니는 복잡한 아파트 단지에 사시는데 그곳에도 산책을 할 수 있는 공간이 있다. 한국에 가면 시차 때문에 꼭두새벽에 일어나게 되며 그때 밖으로 나가면 그 많던 차들도 사람들도 없고 서울이 다른 곳처럼 느껴진다. 게다가 아침 일찍 가게를 여는 분들, 청소를 하고 계시는 수위 아저씨들의 부지런한 모습을 보면 그분들에게 감사한 마음이 생긴다.

나는 결혼하기 전에는 건강한 편이 아니었다. 산책은 내가 정신적, 육체적 건강을 유지하는 비결 중 하나다. 내가 미국에 와서 아들 둘을 키우며 얼마나 건강해졌는지 친정 어머니는 놀라시곤 한다.

장애아를 키우는 부모들은 그 스트레스가 전쟁에 나가 있는 군인과 맞먹는다고까지 한다. 이와 같은 스트레스는 그때그때 해소하는 방법을 찾아 쌓이기 전에 풀어야 한다. 산책처럼 스트레스 해소에 좋은 것은 없다. 특히 무리한 일을 하거나 신경을 써서 허리나 등이 뻐근할 때 걸으면 풀릴 때가 많다.

산책을 하면 엔도르핀이 나온다고 한다. 걸으면 기분이 좋아지고 항우울제를 복용하지 않고도 우울증을 가시게까지 한다는 것이다. 그래서 의사들은 우울증에 걸린 환자에게 치료법의 하나로 걷는 것을 처방한다고 한다. 산책은 습관성이 되기도 쉬운데 이것처럼 부작용이 없는 습관성도 없을 것이다.

무엇보다 산책은 다른 운동에 비해 손쉬우면서도 효과가 큰 방법 중 하나라고 할 수 있다. 회원권도, 친구를 구해야 할 필요도 없고 기술을 배우려고 레슨을 받을 필요도 없이 편안한 신발 한 켤레만 있으면 그만이다.

그런데 산책을 할 때 꼭 지켜야 할 두 가지가 있다. 첫째는, 편한 신발을 신어야 한다. 불편한 신발을 신고 오래 걸으면 오히려 건강에 해가 될 수도 있다. 며칠 전 날씨가 더워서 샌들을 신고 산책을 간 적이 있다. 그 샌들은 발이 편한 것 중 하나였는데도 왼쪽 무릎이 아프길래 아무래도 관절염인가 했다. 그 다음날 운동화를 신고 걸었더니 그 증상이 없어졌다. 우리 동네에는 마라톤하는 사람들을 위한 운동화 가게가 있는데 그곳에 가면 걷는 모습을 이리저리 살펴본 후 운동화를 골라준다. 꼭 그런 가게가 아니더라도 요즘은 디자인이 잘된 운동화를 쉽게 구할 수 있다.

둘째는, 어디를 가기 위해서가 아니라 산책을 위한 산책이어야 한다. 출퇴근이나 쇼핑을 하느라 걸어다니는 것과 달리, 자기가 살고 있는 일상을 떠나는 시간을 만들어야 한다. 여행은 볼거리를 찾아가는 것도 있지만 일상을 떠나기 때문에 휴가의 역할을 하게 된다. 산책은 평소 때 신던 신발과 일상사를 벗어던지고 짧은 여행을 떠나는 일이다.

철인 아빠

매년 4월 둘째 주 연휴에 열리는 보스턴 마라톤은 세계 각국의 육상 선수뿐 아니라 보스턴에 사는 사람이라면 한 번쯤 뛰어보고 싶어 하는 대중적인 스포츠 행사다. 마라톤의 거리는 26.2마일, 42.195킬로미터이다. 올해 선두였던 케냐 선수의 기록은 2시간 12분 40초이며, 대부분의 사람들은 세 시간에서 다섯 시간이 걸린다. 올해는 이상기온으로 낮기온이 화씨로 85도까지 올라가서 구급차에 실려간 사람도 많았다.

이 마라톤 코스가 우리 집에서 멀지 않은 곳에 있기 때문에 나는 그 경기를 매년 빠지지 않고 보러 간다. 마라톤을 하는 날은 아침부터 사람들이 거리에 장사진을 이룬다. 호리호리한 몸매에 길쭉한 다리를 가진 선수들은 사막의 치타처럼 잘 뛰는 것처럼 보이지만, 여간 힘든 스포츠가 아니라고 들었다. 각국에서 온 프로 선수들은 나라의 명예를 걸고 한다지만, 이번

"아빠랑 달리기를 하면서
나는 장애가 없는 것 같았어요."
그 말이 아빠 딕 호이트의 인생을 바꾸었다.
그 뒤로 두 사람은 "릭의 가슴"과 "딕의 다리"로
팀 호이트가 되었다.

보스턴 마라톤에 참여한 2만 명에 달하는 "아마추어 선수들은 왜 마라톤을 뛰는가"라는 기사가 오늘 신문에 실렸다.

물론, 건강을 위해서라거나 원래 달리기를 좋아해서라는 사람들도 있었지만, 마라톤을 뛰게 된 '사연'이 있는 사람들이 많았다. 올해 휠체어 부문에서 우승한 캐나다 선수는 태어날 때부터 하반신이 마비였던 대학생이다. 또 한 아버지는 백혈병에 걸린 아이를 잃고 그것을 잊으려고 달리기를 시작했다고 했다. 이번 마라톤을 뛰어 암을 앓고 있는 다른 아이들을 위해 기금을 마련하고 싶다고 페이스북에 올렸더니, 친지와 친구들로부터 6천 달러가 모였다고 한다.

이 사연들 중에서도 보스턴에 사는 사람이면 누구나 아는 유명한 호이트Hoyt 부자의 애기를 소개하겠다. 그들의 애기는 보스턴뿐 아니라 전 세계적으로 알려져 있으며, 그들의 책은 한국어로도 번역되었다고 들었다. 호이트라는 성을 가진 부자 중, 아버지 딕Dick은 아들 릭Rick을 휠체어에 태워 올해로 30번째 보스턴 마라톤을 뛰었다. 아들은 올해 쉰 살, 아버지는 일흔한 살인데, 아버지 딕은 그 나이가 믿어지지 않게, 마치 옛날 TV 프로의 헐크처럼 체격이 건장하다. 그의 애기를 모르는 사람은 아마 '그렇게 체력이 좋은 사람이니 그렇게 했겠지'라고 생각할지도 모른다. 하지만 딕은 마흔한 살에 처음으로 릭과 보스턴 마라톤을 시작했으며, 그전까지는 별로 운동을 하지 않는 평범한 아버지였다고 한다.

호이트 부자의 마라톤 얘기를 하려면 우선 릭에 대해 알아야 한다. 릭은 50년 전 태어날 때 탯줄이 목에 감겨 뇌에 산소 공급이 안 되어 뇌성마비가 되었으며, 평생 움직이지도 말도 하지 못한다. 릭이 어렸을 때, 의사들은 릭이 식물인간으로 오래 살지는 못할 것이니 장애인 기관에 맡기는 것이 나을 거라고 했다고 한다. 하지만 릭의 부모는 릭을 두 동생들과 똑같이 키우려고 노력했다. 그리고 릭이 아무것도 모르는 것이 아니라 그 아이의 눈이 가족을 따라 움직이는 것을 느꼈다. 호이트 가족은 수영장에 가면 릭을 수영장에 데리고 가고, 릭의 두 동생이 운동을 하면 같이 운동장에 데리고 나갔다. 그리고 그 당시에는 장애인을 받아주지 않던 공립학교에 릭을 입학시켰다.

그런데 릭이 열한 살 때, 그 아이와 의사소통을 할 수 있게 되었다. 아버지 딕은 릭을 인근 대학의 컴퓨터 연구실에 데려가서, 컴퓨터로 의사소통을 할 방법이 없겠는지 물어보았다. 그들은 우선 아이가 그럴 만한 지적능력이 있을지에 의문을 가졌다. 딕은 릭에게 우스운 얘기를 해줘 보라고 했다. 그들이 우스개 얘기를 했을 때 릭이 크게 웃는 것을 보았다. 다행히도 릭은 입이 귀에 걸리도록 웃는 재주를 가지고 있었으며, 살짝 끄덕이는 정도로 머리를 움직일 수가 있었다. 그래서 릭은 머리에 스위치를 연결하여 타이핑을 할 수 있게 되었고, 그것이 소리로 전환되었다. 그때 릭이 제일 먼저 타이핑을 할 말이 모두 궁금했다. 엄마일지 아빠일지? 그런데 그 둘 다 아니고 "부르인즈(보스턴의 인기 있는 아이스 하키 팀) 이겨라"라고 타이핑을 했다. 릭도 그 또래의 다른 남자아이들처럼 스포츠에 관심이 많았던 것이다.

몇 년 후 딕과 릭이 달리기를 시작하게 된 일이 생겼다. 릭이 고등학교에 다닐 때, 몸이 마비된 어떤 운동선수를 위해 기금을 모으는 달리기가 있었는데, 릭이 자기 반 아이들과 참여하고 싶다고 아빠에게 타이핑했다. 그 달리기는 4마일을 뛰는 것이었는데, 딕은 그때 마흔 살이 넘은 펑퍼짐한 중년 아저씨에다 1마일도 뛰어 본 적이 없었다. 그래도 조금만 해보자 싶어 릭의 휠체어를 밀고 시작한 것이 4마일을 완주하게 되었다는 것이다. 그날 집에 와서 릭은 아빠에게 이렇게 타이핑했다.

"아빠와 달리기를 하면서 나는 장애가 없는 것 같았어요."

그 말이 딕의 인생을 바꾸었다. 그 뒤로 그 둘은 '릭의 가슴'과 '딕의 다리'로 팀 호이트가 되었다.

지난 30년 동안 팀 호이트는 천 번이 넘는 경기에 참여했다. 그 중, 30번의 보스턴 마라톤을 뛰었으며, 하와이에서 철인 3종 경기까지 했다. 철인 3종 경기는 26.2마일 마라톤에 자전거 112마일, 바다에서 2.4마일을 수영하게 된다. 릭과 함께 수영을 어떻게 했냐고? 인터넷에 들어가면 그들이 하는 모습을 볼 수 있다. 딕은 릭을 튜브로 된 배에 실어 로프를 가슴에 묶어 수영을 했다. 그걸 보고 '그가 전에 수영 선수였나 보다'라고 생각할 수도 있겠다. 하지만 딕은 여섯 살 이후 수영을 해 본 적이 없었다고 한다. TV로 팀 호이트의 철인 3종 경기를 지켜본 어떤 아버지는 이렇게 말했다.

나는 베트남에서 두 번이나 총을 맞고도 살아났습니다. 하지만 내 인생에 가장 인상에 남는 일이 그것 말고 두 가지가 있습니다. 하나는 우리 아이가 세상에 태어나는 순간이었으며, 또 하나는 딕의 철인 3종 경기였습니다.

딕은 릭의 휠체어를 밀고 미국뿐 아니라 전 세계를 다니며 경기를 하여 수많은 사람들을 감동시켰다. 장애아의 부모들뿐 아니라 이런저런 이유들로 절망하고 있는 사람들이 그들을 보고 다시 살아갈 용기를 얻었다고 한다. 딕은 지금도 편지를 받고 있다. 그 중 어떤 사람이 자살을 하려다 그들의 방송을 보고 다시 살기로 결심했다는 편지가 TV에서 소개되었다. 그뿐 아니라 그 사람은 달리기를 하며 활력을 얻게 되었으며 3종 경기까지 한다는 얘기를 대담자가 읽자 딕은 울음을 참지 못하고 소리 내어 울었다. 그는 철인이 되었지만 누구보다 마음이 여린 사람인지도 모르겠다. 그래서 철인 아빠가 되었는지도 모르겠다.

부모의 마음은 엄마나 아빠나 다 같겠지만, 아빠들은 아이를 돌보는 일에 엄마만큼은 참여하지 않는 것이 보통이다. 농아 아이를 둔 어떤 엄마는 아이와 수화로 의사소통을 하지만 아빠들은 그것을 배우지 않는다고 한다.

아빠들은 운동 등을 하며 아이와 시간을 보내고 싶어 한다. 딕을 보고, 뇌성마비가 있는 아이의 아빠들이 아이를 휠체어에 태워 달리기 시작했다. 그것은 그 아이와 바깥에서 시간을 보낼 수 있는 아주 좋은 활동이다. 달리기를 해본 사람은 알겠지만 일단 시작하면, 힘들긴 하지만 하고 나면 얼마나 기분이 좋은지 그만둘 수가 없다고 한다.

인생을 마라톤이라고 한다. 마라톤은 체력도 체력이지만 정신력의 스포츠라고 들었다. 스포츠인이 근육을 단련할 때, 근육에 조금씩 균열이 생기고 그것이 아물며 근육이 발달한다고 한다. 신체적인 근육뿐 아니라 정신적인 근육도 마찬가지일 것이다. 처음 힘든 일을 겪을 땐 가슴앓이를 하고 몸져 눕고 하지만, 절망하지 않고 견디다 보면 차차 정신력에도 강력한 힘이 생길 것이다. 자녀에 대한 부모의 사랑보다 더한 것은 없다. 그래서 부모는 자녀를 위해서라면 마라톤 아니라 철인 3종 경기도 해내는 철인도 될 수 있나 보다.

누구의 잘못입니까

4월 첫날, 만우절날 거짓말처럼 폭설이 오더니, 오늘은 아침 햇살이 따사롭다. 화단에 피어 있는 노란 수선화가 눈 가운데 피어 있어 더 고와 보인다. 몇 주 전부터 진한이가 일요일 아침 9시에 스페셜 올림픽 수영 연습을 하게 되어, 주말인데도 아침부터 서두르게 된다. 다행히 진한이는 늑장을 부리지 않고 한 시간이나 일찍 일어나 아침도 든든히 먹고 두툼한 일요일 신문까지 섭렵한다.

진한이는 수영도 좋아하지만, 그것보다 더 좋아하는 건 수영을 마치고 집에 오는 길에 라떼를 마시는 일인지도 모르겠다. 오늘도 수영을 마치고 커피숍에 도착하니 느지막이 아침 커피를 마시러 나온 사람들로 붐빈다. 내가 커피를 시키는 동안 진한이는 운 좋게 창가에 두 자리를 맡아놓았다. 생크림을 듬뿍 얹은 큼직한 머그 두 잔을 들고 오니 진한이 얼굴이 더 환해진다.

창 밖에는 커피를 사러 간 주인을 기다리는 강아지가 애처로운 얼굴로 앉아 있고, 진한이는 그 강아지를 쳐다보며 같은 표정을 짓곤 한다. 나는 작년에 직장을 그만두고, 영한이까지 대학에 가고 나니 더할 수 없이 한가해져서 이렇게 진한이와 커피숍 창 밖으로 강아지를 구경하며 앉아 있을 수가 있게 되었다.

커피숍을 나와 성당 쪽으로 걸어오는데, 한국에서 듣던 예배당 종소리가 들린다. 나는 이 종소리를 들을 때마다 이건 아무래도 성당과는 안 어울린다는 생각이 들지만, 진한이는 들을 때마다 좋다고 한다.

"아~ 11시 반 미사 종소리구나."

수영 시즌에는 일요일 아침에 진한이를 데리고 왔다갔다 하느라 주일 미사에도 자주 빠진다. 오늘은 커피숍에 오래도록 앉아 있다 나오니, 우연히 미사 시간에 맞춰졌다. 진한이는 트레이닝 바지에 수영복 가방을 들고, 나는 운동화에 스포츠 자켓 바람으로 미사에 들어갔다. 이곳 성당은 주일 미사에 갈 때 옷차림에 신경을 쓰지 않아도 되니 이럴 땐 더 편리하다.

오늘 무엇에 끌린 것처럼 미사에 와서 들은 복음은 요한서의 예수님께서 장님을 고친 이야기다.

예수께서 길을 가시는데 날 때부터 소경인 사람을 보셨
다. 제자들이 예수께 "그 사람이 소경으로 난 것이 누구
의 죄로 인한 것입니까? 그 사람의 죄입니까 그 부모의
죄입니까?"라고 물었더니 예수께서 대답하시기를 "그 사
람도 그 부모의 죄도 아니다. 그에게서 하느님이 하시는
일을 나타내고자 하심이다."

유아영세를 받아 지금까지 성당에 다니면서, 나는 그동안
수없이 이 복음을 들어왔다. 미국에서 진한이를 키워서인지,
'진한이가 장애인으로 태어난 것은 그 아이의 죄입니까? 저
의 죄입니까?'라는 질문은 내게 와닿지는 않았다. 이제 장애인
에 대한 시각이 많이 개선된 것 같아도 한국을 방문하면, 진한
이에 대해 얘기하는 것이 망설여질 때가 있다. 나는 괜찮지만,
'나와 연관된 친지들에게 혹시 누를 끼치는 것이 아닐까'라는
생각 때문이다.

진한이에게 장애가 있다는 사실이 나나 우리 집안의 어떤
잘못 때문이거나, 앞으로도 우리 집안에 그런 아이가 태어날
가능성이 많다고 생각하는 사람이 있을지도 모른다. 하지만
지적장애는 70퍼센트 이상이 그 원인을 알 수 없는 데다, 둘째
아이 영한이를 낳기 전에 유전 상담을 한 결과 의사들이 내린
결론은 내가 장애아를 또 낳을 가능성은—그 원인을 밝힐 수

없기 때문에—장애아가 없는 다른 부모와 같은 확률이라고
했다.

 IQ 분포도의 그래프를 보면, 인구 중 한쪽 끝 5퍼센트 미만
은 영재이고, 반대쪽의 그만큼은 지적장애를 가지고 있다. 물
론, 머리 좋은 부모에게서 영재아가 태어날 가능성은 크겠지
만 반드시 그렇지도 않은 것 같으며, 지적장애아도 마찬가지
일 것이다. 그러니 장애아는 마치 제비뽑기를 하는 것처럼 우
리 중 누군가는 맡아 키워야 하는지도 모르겠다. '그런데 왜
하필이면 접니까?'라는 질문은 해본 적이 있다.

 아무리 의료기술이 발달하고 태아에 대해 산전 검사를 할
수 있어 장애아가 태어나는 것을 방지하려 해도 장애아는 태
어나며, 사고, 질병, 노화 등으로 이 사회의 누군가가 장애인
이 되는 것을 막을 수는 없다. 장애인이나 그 가족은 무슨 영
문인지도 모르고 그 큰 일을 견뎌내는 것만으로도 어려운데,
사회로부터 냉혹한 대접까지 받게 되면 그것이 장애 자체보다
더 힘들 수도 있다.

 장애인이 늘 일정한 수만큼 세상에 존재한다면, 그것은 어
떤 이유가 있어서라는 생각이 들기도 한다. 그러면 성경에 "그
가 소경으로 난 것은 그에게서 하느님이 하시는 일을 나타내
고자 하심이다"라는 구절이 그 이유란 말인가? 이 구절은 그
럴듯한데, 내게는 이해가 안 되는 부분이었다. 예수님이 직접

소경을 고쳤을 그 당시에는 기적을 보고 그 말을 믿을 수 있었겠지만, 예수님을 만나지 못하는 그 많은 소경들에게는, 어떻게 그들을 통해 당신 일을 이루신단 말인가? 그분이 하시는 일을 나타나기 위해 장애인이 태어난다면, 그 오랜 역사 동안 하느님은 어떻게 그들이 그렇게 모진 대접을 받도록 내버려두셨고, 지금도 그렇게 내버려두신단 말인가?

미사 시간 내내, 그리고 집에 돌아와서도 그 생각이 머리에서 떠나지 않았다. 그러면 진한이가 태어난 것도 하느님이 하시는 일을 나타나게 하기 위해서란 말인가?

마흔이라는 나이가 믿어지지 않게 이어폰을 끼고 청년 같은 모습으로 다니시는 우리 본당 신부님은 사순절이라 그렇겠지만, 오늘 강론은 좀 심각하게 하셨다.

우리는 진리가 무엇인지 모르지요. 어둠 속에 있는 소경
과 다름없어요. 다만 그것을 깨닫지 못할 뿐이지요.

나는 주일 미사 후, 며칠 동안 헨리 나우윈Henri Nouwen의 『아담Adam』이라는 책을 읽게 되었고, 신기하게도 의문이 풀려가는 것을 느꼈다.

헨리 나우윈은 덴마크에서 태어난 가톨릭 사제이며, 하버드와 노트르담 대학의 신학, 심리학 교수를 역임했던 학자다.

1986년, 그가 몸담고 있던 학문의 세계에서 공허하고 외로움을 느끼고 있을 때, 장애가 있는 사람과 그렇지 않은 사람이 함께 모여 사는 라쉬L'Arche 공동체로부터 사제직에 초대를 받게 된다. 그는 대학을 떠나 중증의 지적장애인들과 함께 살게 된다. 그 장애인들 중에서도 가장 장애가 심한 아담을 매일 아침 보살피면서, 그는 예상하지 않았던 놀라운 경험을 하게 된다. 그것을 담은 것이 『아담』이라는 책이다.

나는 20년 동안 대학의 교직에 있었어요. 내 손으로 누구를 보살피는 일은 해본 적이 없었고, 장애가 있는 사람과 가까이 접해본 적도 없었죠. 게다가 나는 좀 비현실적이고, 정신이 딴 데 가 있는 교수로 불리던 사람이었어요. 이런 내게 매일 아침 7시에 아담을 깨워, 목욕시키고 옷을 갈아입히고 이를 닦이고 면도를 하고 머리를 빗기고 아침을 먹이는 일이 주어진 것이죠. 처음, 그 일을 할 수 있겠느냐고 물어보았을 때, 엉겁결에 "염려 말아요, 할께요"라고 해버렸어요. 처음 일주일간은 어떻게 해야 할지 몰라 겁이 났어요. 아담은 간질을 일으키기도 했거든요. 두 주가 지나니 좀 나아지고, 한 달이 지나니 아담과 같이 있지 않을 때도 아담이 생각나고, 그 시간이 기다려지더군요. 그러더니, 갑자기 그가 아주 가깝고 아름다운 사람으로 느껴졌어요. 말도 할 줄 모르고 듣는지 안 듣는지조차 알 수 없다고 여겼던 그에게 나는 얘기를 하기 시작했는데, 아담은 누구보다도 진심으로 내 얘길 듣는다는 것을 느꼈어요. 아담은 내게, 가슴으로 느끼는 것이 머리로 생각하는 것보다 더 중요하다는 것을 가르쳐주었어요. 대학이라는 소위 지성인의 집단에 있던 내가 그것을 알기란 정말 어려웠죠. 사고를 할 줄 알기 때문에 인간이라고만 생각했었어요.

나는 이 글을 읽고 다시 의문에 빠졌다. '중증 장애인을 보살피며 신비로운 체험을 하게 되었다고요? 이것을 장애가 있는 아이를 보살피느라 진이 빠져 있는 부모에게 말해보세요. 그들이 이 말에 공감할까요?'

이 질문에 헨리 나우윈은 이렇게 말한다.

함께 무언가를 한다는 것이 혼자 하는 것보다 중요하다는 것을 알게 되었어요. 나는 그동안 혼자 자기 자신의 것을 이루는 일에 관심이 많은 세계에서 살고 있었어요. 그런데 아담처럼 아주 힘없고 다치기 쉬운 사람을 보살피게 되면서, 그것을 혼자서는 할 수가 없다는 것을 알았어요. 내가 지금 살고 있는 곳에는 여러 사람들이 서로 도우며 공동체를 이루고 있어요. 이렇게 아담과 같은 장애인을 중심으로 그 공동체가 이루어졌다고 할 수 있어요. 그들의 약한 점이 우리 한 사람 한 사람이 모이는 사랑의 공동체로 만들었어요.

헨리 라우윈은 라쉬라는 공동체 안에서 아담과 함께 살았기 때문에 신비로운 경험을 하게 된 것이다. 장애아를 보살피는 부모들에게도 마찬가지일 것이다. 그들이 속한 사회의 도움 없이 이 일을 잘해내기란 거의 불가능하다. 장애인은 개인이나 가정의 책임이 아니라 사회 전체가 나누어야 하는 책임이다.

현대 사회에도 아직 문제는 많지만, 나는 지금 태어난 것을 천만다행으로 생각한다. 그렇지 않았더라면 진한이와 우리 가족은 내가 지금 상상할 수도 없을 어려움을 겪어야 했을 것이다.

라쉬 공동체의 창립자인 장 바니에Jean Vanier는 이렇게 말한다.

우리는 모두 자신이 최고가 되고 싶어 하지요. 그리고 모두 자신의 한계를 숨기고, 그것 때문에 사랑받지 못하면 어쩌나 하는 두려움으로 벽을 쌓고 있지요. 내가 장애인과 친구가 되면서 느끼는 것은 그들로부터 나는 진정한 사랑을 받게 된다는 것이지요. 그래서 나는 더 이상 벽이 필요 없게 되었어요. 우리는 진정한 사랑을 느끼는 공동체 안에서 평화를 누릴 수 있게 되죠. 이 공동체 안의 우리 모두는 인간이면 누구나 가지게 되는 각기 다른 형태의 결점들을 자연스럽게 받아들이고 서로를 도울 수 있게 되었어요.

장애인으로 태어난 것은 그의 잘못도 그 부모의 잘못도 아니다. 우리는 장애인을 우리 안에 받아들임으로써, 그들뿐 아니라 우리 누구도 완전하지 않기 때문에 사랑이 필요하다는 것을 인정하지 않을 수 없게 된다. 그리고 그 사랑으로 세상은 다듬어지고 완성되어 가는지도 모르겠다.

우리 폭죽을 터뜨리자

행복과 사랑은 다른 말 같아도 내게는 그것이 그것인 것 같다. 진짜 사랑이란, 누군가 좋아서 못 견디겠다는 것이라기보다는, 누군가가 행복했으면 좋겠다고 바라는 것이기 때문이다. 그리고 그럼으로써 자신이 행복을 느끼는 것이기 때문이다.

찰스 강의 불꽃놀이

어느새 여름이 무르익어가고 내일이면 벌써 7월이다. 내가 살고 있는 보스턴은 독립기념일을 앞두고 축제 기분으로 술렁인다. 찰스 강가에는 축제를 알리는 깃발이 꽂혀 있고, 신문에는 며칠째 그날의 행사가 일면기사로 실리고 있다. 진한이는 한 달이나 전부터 그날을 고대하고 있다.

7월 4일 독립기념일은 미국이 영국으로부터 독립한 한국의 광복절과 같은 날이다. 미국사람들은 이날을 미국의 생일이라고 하여, 어떤 사람의 생일보다 성대하게 잔치를 치른다. 가족과 친구들이 모여 바비큐를 먹고, 길에서는 퍼레이드를 하며, 밤이 되면 도시마다 불꽃놀이를 한다. 보스턴은 미국의 독립을 이루는 데 빼놓을 수 없는 역사적인 곳이며 독립기념일 행사 또한 대단하다. 그 행사의 하이라이트인 불꽃놀이는 미국에서 그 규모로는 두 번째라고 한다. 첫 번째는 물론 워싱턴이나 뉴욕일 것이다.

진한이가 독립기념일을 기다리고 있는 이유는 바로 이 불꽃놀이 때문이다. 우리 가족이 보스턴에 살고 있는 햇수는 올해로 29년. 그동안 수도 없이 불꽃놀이를 봐와서 시들해질 때도 되었건만, 진한이는 여전히 매년 보러 가자고 한다.

보스턴의 불꽃놀이에는 매년 50만 명이나 되는 사람들이 보러 온다. 그 불꽃놀이는 규모도 크지만 아름다운 찰스 강 위에서 펼쳐지기 때문에 더 장관이다. 찰스 강은 보스턴의 생명수와 같은 역할을 한다. 찰스 강 주변의 하버드와 MIT는 미국의 지적 원동력이며, 그 주변에는 나무들과 야생동물 등 자연이 잘 보존되어 있어 경치가 아름답기로도 유명하다. 또 한 가지, 찰스 강의 불꽃놀이는 야외음악당에서 연주되는 보스턴 팝스 오케스트라의 "1812년 서곡" 연주가 있어 더 감동적이다.

아름다운 찰스 강의 불꽃놀이를 보며 어느 미국인은 애국심이 폭죽과 함께 치솟아, 30년을 한결같이 보러 온다고 한다. 나는 그 신문기사를 읽으면서 그 애국심이 놀랍기도 하고 부럽기도 했다.

나도 처음 찰스 강의 불꽃놀이를 보았을 때는 너무 감동적이어서 누굴 만나건 그 불꽃놀이 얘기를 했다. 한국에 계신 부모님께도 전화를 해서 다음 미국에 오실 때는 꼭 7월에 오셔서 불꽃놀이를 구경하시라고 했다. 그런데 두 해째 벌써 그 감동이 식어서 '이 불꽃놀이가 작년 그것 맞나? 올해는 혹시 근사한 것 몇 개는 빠뜨리고 하는 것 아닌가?'라는 생각이 들기도 했다.

내가 처음 불꽃놀이를 본 것은 초등학교 4학년 때 인천에서였다. 그때 인천에서는 매년 시민의 날만 되면 불꽃놀이를 했다. 그 불꽃놀이는 보스턴의 불꽃놀이에 비교가 안 되는 작은 규모였지만 내 기억에 남아 있는 것은 보스턴의 불꽃놀이와 다름이 없다. 나는 그 불꽃놀이를 나지막한 우리집 옥상에 올라가 누워서 구경했다. 그때 몸으로 쏟아지는 것 같은 불꽃을 보며 탄성을 지르던 기억이 난다. 내 옆에 누워서 매년 불꽃놀이를 감상하던 사람은 내 동생 둘이었고 어른들은 어디에 계셨는지 생각이 나질 않는다. 아마 지금의 나처럼 또 불꽃놀이를 하나 보다 그러셨을 것 같다.

진한이는 무엇을 대하든 어린아이와 같이 순수한 마음이 그대로 살아 있다. 자연을 대할 때나, 사람을 대할 때나, 음악을 들을 때나, 음식을 먹을 때나… 진한이는 늘 보는 저녁 노을을, 볼 때마다 아름답다고 감탄하고, 길에 가는 강아지를 볼 때마다 내가 보기에는 잘생겼건 못생겼건 진한이는 늘 너무 귀엽다고 "오~"라고 신음소리를 낸다. 사람을 대하는 마음도 마찬가지다. 자기에게 해코지를 하지 않으면 모두 다 좋아한다. 내가 진한이에게 늘 잘해주는 것도 아닌데 진한이가 나를 사랑하는 마음에는 변함이 없는 것 같다. 내가 잘못을 하더라도 미안하다고 하면 쉽게 용서도 잘한다. 반면 우리는 나이가 들어 지적능력이 더해갈수록 가슴이 식어가는 것 같다. 그래서 하나는 알고 둘은 모르는 그 지식을 가지고 자연을 파괴하고, 전쟁을 일으키며, 이런저런 이유로 다른 사람과 벽을 쌓고 산다.

굳이 나라에 대한 애국심 같은 것이 아니더라도, 인생은 일년에 한 번쯤은 한밤을 대낮처럼 밝히는 폭죽을 터뜨리며 축하를 할 만하지 않는가! 이번 독립기념일에는 싱그러운 한여름밤을 위해, 내가 스물아홉 해를 보낸 아름다운 보스턴을 위해, 소중한 내 가족을 위해, 그리고 세상에 둘도 없이 아름다운 마음을 가진 진한이를 위해 내 마음의 폭죽을 터트려야겠다.

누구나 참가할 수 있는 올림픽, 스페셜 올림픽

2013년 1월, 한국 평창에서 스페셜 동계 올림픽이 열린다. 그런데 스페셜 올림픽에 대해 제대로 알고 있는 사람은 많지 않은 것 같다. 그것은 한국뿐 아니라 미국도 마찬가지다. 나도 진한이가 참가하기 전까지는 그런 사람 중 하나였다.

흔히 스페셜 올림픽을 스포츠에 재능이 있는 소수의 장애인을 위한 행사라고 생각하지만, 사실은 일반 올림픽과는 그 취지가 다르다. 스페셜 올림픽은 재능에 상관없이 지적장애가 있는 사람이면 누구나 참가할 수 있다.

스페셜 올림픽이 어떻게 시작되었는지를 알게 되면 그 성격을 더 잘 이해할 수 있을 것이다. 이 올림픽의 창설자는 유니스 케네디 슈라이버Eunice Kennedy Shriver로 존 에프 케네디의 누이다.

슈라이버는 미국뿐 아니라 전 세계적으로 지적장애에 대한 인식을 크게 바꾼 인물 중 하나로 꼽힌다. 슈라이버는 아주 명석하고 사회정의에 관심이 많아 그녀가 남자로 태어났더라면 그 집안의 어느 아들 못지않은 정치인이 되었을 것이라고 한다. 슈라이버는 케네디가 대통령으로 있을 때 지적장애인을 위한 대통령 패널을 만드는 데 큰 영향을 미쳤으며, 평생을 장애인의 옹호자로 적극적인 활동을 했다.

1962년, 케네디가 대통령이 되던 다음 해, 슈라이버는 새러데이 이브닝포스트*Saturday Evening Post*라는 신문에 그 당시에는 아주 파격적인 기사를 커버 스토리로 실었다. "지적장애아를 위한 희망"이라는 이 기사에는, 여동생 로즈메리를 비롯한 모든 지적장애인을 우리와 똑같은 사람으로 받아들이자는 메시지가 들어 있었다. 로즈메리는 케네디 대통령의 지적장애가 있는 또 다른 누이다. 슈라이버(이 성은 결혼을 하면서 남편의 성을 따른 것이다)는 형제들 중에서도 유난히 로즈메리에게 애정을 갖고 있었다. 당시만 해도 여성에게 제약이 많아 슈라이버는 좌절감을 겪곤 했다고 하면서, 로즈메리가 장애인으로 겪는 어려움은 비교할 수 없이 클 것이라고 했다.

슈라이버가 쓴 10페이지에 달하는 기사의 일부분을 소개한다.

지적장애는 당뇨병이나 풍진처럼 어느 가정에나 발생할 수 있습니다. 가난하거나 부자거나 노벨상을 받은 사람이거나 의사이거나 변호사이거나 어느 회사의 사장이거나, 미국의 대통령 가정이거나 상관없이… 미국에서는 지금 약 3%의 아이들이 지적장애를 가지고 태어납니다. 그것은 당뇨병보다도 10배나 많지요. (당시에는 아마 그랬던 모양이다) 몇 년 전만 해도 지적장애가 있는 아기가 태어나면 한 달도 되기 전에 시설에 데려다 놓고 아기가 죽었다고 했답니다. 우린 이제 그런 시대에 살고 있지 않습니다.

이제는 많은 연구와 관심으로 그들의 미래가 밝습니다. 그들의 미래를 위해 우리는 그들의 옹호자가 되어야 합니다.

시각장애인으로는 헬렌 켈러를 비롯하여 많은 유명인이 있고 청각장애인으로는 베토벤과 같은 뛰어난 인물들이 있습니다. 하지만 지적장애인들은 스스로가 무엇을 성취하여 세상에 알릴 수가 없습니다. 그것은 우리에게 달려 있습니다. 그들 중에는 자신의 장애를 극복하고 하늘을 찌르는 듯 불타는 불꽃으로 자신의 가치를 드러낼 사람이 없습니다. 그들은 우리가 아무리 애를 써도 항상 조그만 불꽃으로 남아 있을 것이며, 우리는 그 조그만 불꽃이 꺼지지 않도록 보호해야만 합니다. 그 불꽃은 작지만

이 기사를 읽고 장애아를 가진 부모들이 슈라이버에게 하소
연을 하게 되었다. 여름 캠프에 아이를 데리고 갔더니 받아주
지 않더라는 말을 듣고 슈라이버는 자기 집 마당에서 여름 캠
프를 시작했다. 35명의 장애아와 26명의 고등학생과 대학생
자원봉사자의 캠프가 스페셜 올림픽의 첫 걸음마가 되었다.

그로부터 6년 뒤인 1968년, 시카고에서 스페셜 올림픽이 열
리게 되었다. 그 개최식에서 시카고 시장은 "지금부터 세상은
결코 지난 날과 같지 않을 것입니다"라고 했다. 그 말대로 스
페셜 올림픽은 지적장애인에 대한 사회의 인식을 바꾸는 역사
적인 계기가 되었다. 현재 스페셜 올림픽에는 전 세계 180개국
에서 2.5백만의 지적장애인이 참가하게 되었고, 전 세계 장애
인의 삶을 향상시키는 역할을 하고 있다.

그것이 실제로 어떻게 진행되는지 나는 진한이를 통해 알게
되었다. 몇 년 전, 진한이의 학교에서 스페셜 올림픽 축구 연
습을 한다면서 원하면 매 주 학교 운동장으로 오라는 연락을
받았다. 참가 대상은 축구에 재능이 있건 없건 장애가 있는 모
든 학생이라고 했다. 그렇게 해서 지난 몇 해 동안 진한이는
스페셜 올림픽에 참가해왔으며, 축구뿐 아니라 달리기, 넓이

뛰기, 농구, 수영을 할 수 있게 되었다. 장애인 올림픽에서는 모두가 우승자라는 슬로건을 따라 진한이도 결과보다는 그 과정에 의미를 두고 참가하고 있다.

스페셜 올림픽은 스포츠에 뛰어난 재능이 있는 사람을 양성하여 국위를 선양하는 일반 올림픽과는 아주 다르다. 뛰어놀 기회가 없는 장애아들에게 장애가 없는 아이들과 똑같이 즐길 수 있는 기회, 성인 장애인들에게는 레크리에이션의 기회를 마련해주는 것이다. 그리고 유니스 케네디 슈라이버가 정신지체가 있는 로즈메리를 한 가족의 일원으로 세상에 알린 것처럼 장애인을 한 사회의 일원으로 받아들이는 데 큰 의미를 두고 있다.

장애인들은 스페셜 올림픽을 통해 스포츠를 할 기회뿐 아니라 자신이 무엇인가를 성취할 수 있다는 자신감을 얻고, 친구를 사귀며, 다른 사람들과 함께 어울려 사는 법을 배우게 된다. 또 한 가지, 스페셜 올림픽을 특별하게 하는 것은 그 많은 자원봉사자들이다. 스페셜 올림픽은 코치에서 진행 임원까지 거의 자원봉사자들에 의해 운영된다. 자원봉사자들은 장애인에게 도움을 주기 위해 오지만 사실은 그들 스스로도 많은 것을 받고 돌아가게 된다고 한다.

진한이가 스페셜 올림픽 농구를 할 때 코치를 하던 키 크고 예쁜 이사벨라라는 아가씨는 고등학교 때 농구를 할 때 주전으로 뛰지 못하고 늘 벤치에 앉아 있었다고 한다. 그 아가씨는 매 주 토요일 아침 약혼자와 함께 왔다. 스페셜 올림픽에서 자원봉사를 하는 사람들은 이렇게 젊은 아가씨도 있고, 손자까지 본 할아버지도 있고, 아장아장 걷는 아기를 데리고 오는 젊은 부부도 있고, 장애가 있는 형제를 둔 대학생도 있다. 그리고 자원봉사를 하게 된 이유 또한 다양할 것이다.

어떤 모습으로 태어났건 이 세상에 가치 없는 사람은 하나도 없으며, 완벽한 사람 또한 없다. 정도의 차이는 있지만, 우리는 모두 도움을 주고받으며 살아가게 된다. 우리는 스페셜 올림픽을 통해, 타고난 능력에 상관없이 모두가 조화롭게 어울려 살아가는 아름다운 세상의 기반을 만드는지도 모르겠다.

시끌벅적한 생일파티

생일잔치 준비를 하느라 아침부터 바빴다. 메뉴는 불고기와 만두, 혹시 한국 음식을 먹지 않는 사람이 있을지도 모르니 파스타와 시저 샐러드도 준비했다. 한국 식품점에 가서 불고깃감과 냉동 만두를 사고 서양 가게에 가서 파스타와 샐러드 재료, 아이스크림 케이크를 샀다.

오늘은 진한이의 25번째 생일이다. 진한이는 친구가 없어 늘 우리 식구끼리 조촐하게 생일을 보내곤 했는데 이번엔 친구를 8명이나 초대했다. 그동안 진한이 생일에 초대할 친구가 없었던 것은 친구라는 개념을 너무 고정시켜 놓았기 때문이었다. 꼭 나이가 같거나 같은 학교를 다녀야만 친구가 될 수 있는 것은 아닌데 말이다. 누구든 나이에 관계없이 자주 만나는 사람들 중, 마음이 맞아 반가운 사람이면 친구일 텐데 말이다. 그렇게 생각하니 진한이에게는 친구가 많았다.

진한이는 몇 년 동안 스페셜 올림픽에 참여하고 있고, 그 연습을 위하여 매 주 만나는 반가운 얼굴들이 있다. 진한이는 겨울에는 농구, 여름에는 수영을 하기 때문에 일 년 중 거의 8개월을 그 사람들과 함께 지낸다. 그 팀에서 진한이는 막내다. 진한이처럼 20대는 없고 거의 30대나 40대, 쉰이 넘은 사람도 있다. 그런데 내가 그들의 나이를 알지 못했을 때는 모두 10대나 20대쯤으로 보였다.

진한이는 스페셜 올림픽 팀에서 나이도 어리지만 지적으로도 막내인 셈이다. 진한이와 함께 스페셜 올림픽에 참가하는 장애인들 중에는 독립해서 사는 사람들이 많다.

그 중 나와 동갑인 루이사는 결혼을 하여 남편 피터도 진한이의 생일파티에 함께 초대했다. 루이사는 우리 이웃의 대학 카페테리아에서 쿠키 만드는 일을 하고, 피터는 슈퍼마켓에서 쇼핑백 담는 일을 한다. 이 부부는 우리 이웃에 살고 있어 자주 보게 되는데 쉰이 넘은 부부라기보다는 늘 데이트를 하는 젊은이들 같다.

45살이라는 리처드와 39살인 토니는 늘 함께 다니는 단짝이다. 두 사람은 어딜 가나 주위 사람들을 웃기는 농담을 잘한다. 리처드와 토니는 진한이를 형처럼 잘 챙겨준다. 리처드는 어느 학교에서 청소하는 일을 하고, 토니는 유아원에서 보조교사를 한다.

루이사의 친구인 젠은 35살로 키가 훌쩍 크고 날씬하며, 지적인 인상을 주는 안경을 쓰고 있다. 젠은 스포츠에는 만능이다. 농구, 축구, 수영 모두 잘한다. 젠은 장애인 올림픽 연습이 없는 날에도 퇴근 후 집에 가기 전에 수영을 한다고 한다. 내년엔 스페셜 올림픽 국가선수에 도전해보겠다고 한다. 젠은 변호사 사무실에서 우편물 정리하는 일을 하고 있다.

스페셜 올림픽 팀에 좀 다른 사람 둘이 있다. 진한이가 참가하는 스페셜 올림픽에는 발달장애나 자폐증이 있는 사람들이 대부분인데 데이비드와 주디에게는 지적장애가 있다. 데이비드와 주디는 겉으로 보아서는 알 수 없지만 환청 증상이 있어 약을 복용하지 않으면 생활을 할 수 없다고 한다. 두 사람은 지적으로는 정상이다. 데이비드는 어느 병원에서 복사하는 일을 하고 있고, 주디는 대학에서 강의를 듣고 있다.

진한이 생일에 초대된 사람 중에 장애인이 아닌 사람이 하나 있다. 그 사람은 스페셜 올림픽 상어팀 대장 코치 페니이다. 페니는 대장 코치답게 씩씩하면서도 아주 다정다감한 아가씨다. 매일 풀타임으로 일을 한다는데 일요일 아침 9시에 자원봉사로 수영 코치를 한다. 페니는 수영뿐 아니라 축구도 잘해서 대학에 들어갈 때 축구로 장학금까지 받았다고 한다. 내가 페니를 대장 코치라고 한 것은 코치가 페니 말고 5명은 더 있는데 그 중 우두머리라는 말이다.

스페셜 올림픽은 선수를 양성하는 것보다는 장애인들에게 스포츠를 할 수 있는 기회를 주는 데 더 의미가 있다. 진한이의 생일은 6월로, 생일 바로 전 주에 장애인 올림픽 수영대회를 했다. 진한이가 속한 상어팀은 릴레이에서 금메달을 땄다. 진한이는 올해 처음 그 수영팀에 들어가서 릴레이를 하게 되었다. 진한이의 생일파티는 수영팀의 단합대회이기도 한 셈이다.

진한이의 생일에 초대된 친구들은 우리집 현관에 들어서면서부터 시끌벅적해서 파티 기분이 절로 났다. 바로 3일 전에 보았는데 모두들 얘기가 끊이지 않는다. 내가 불고기를 굽는 동안 콘칩과 살사 그리고 레모네이드를 에피타이저로 내놓았다. 저녁을 차려놓았더니 파스타와 샐러드는 물론 불고기와 만두도 순식간에 없어졌다. 불고기는 브로컬리와 여러 가지 색깔의 피망을 볶아 옆에 두었는데 얼마나 빨리 동이 나던지 두 접시나 더 구워냈다. 이번 만두는 한국 가게에 갔더니 삼각형 모양의 색다른 것이 있어 사와서 구워냈더니 이런 모양은 처음 보았다고 하며 모두 맛있게 먹었다. 리처드는 어디에 가면 그 만두를 살 수 있느냐고 가게의 위치를 물었다. 자기가 저녁을 해서 먹는다고 그 만두를 사다 해먹어야겠다고 했다. 진한이의 생일파티에 초대된 사람들은 저녁을 먹으면서도, 또 먹고 나서도 맛있다, 고맙다는 인사를 얼마나 여러 번

하던지… 나는 저녁을 지어 이렇게 인사를 많이 받아 본 적이 없었다.

진한이 생일은 여름이어서 아이스크림 케이크를 샀다. 내가 들고 오는 것을 보자마자 젠은 얼른 그걸 받아 들고 가더니 생일축하 노래를 시작했다. 모두들 생일 노래도 시원시원하게 젊은이들처럼 불렀다. 저녁 6시에 시작한 생일파티가 8시가 되니 한 사람씩 일어나기 시작했다. 어떤 사람은 아침 일찍 출근을 해야 해서 그만 가야겠다고 하고, 어떤 사람은 해 지기 전에 집에 가는 것이 좋겠다고 하고… 2시간 만에 그 시끌벅적한 생일파티가 끝나버렸다.

+++ 이 글은 2008년에 쓴 글이다. +++

진한이는 책을 못 읽어도 책벌레이다.
그런데 글자 하나하나를 읽진 못하니
책나비라는 말이 더 맞겠다.

책나비

여행을 간다고 하면 진한이는 책부터 가방에 챙겨넣는다. 나는 그림이 많은 잡지책을 권하지만, 진한이는 꼭 두툼한 소설책 같은 걸 넣고는 공항이나 호텔에서 여유 시간이 있을 때마다 그 책을 꺼낸다.

그런데 진한이는 안타깝게도 글을 제대로 읽지 못한다. 몇 해 전까지만 해도 나는 '우리 가족이 다 그러니까 흉내를 내나 보다'라고 생각했다. 그런데 자세히 보니 책장을 넘기기만 하는 것이 아니라, 때때로 멈춰서 뭔가를 생각하는 것 같았다. 진한이는 글자를 하나하나 읽지는 못하지만, 책의 내용을 상상하며 즐기는가 보다.

진한이는 글을 못 읽어도 책벌레다. 그런데 글자 하나하나를 읽진 못하니 책벌레라는 말보다는 책나비라는 말이 더 맞겠다. 진한이는 내가 책을 읽고 있으면 궁금해서 어쩔 줄을 모른다. 책을 이리저리 만져 보고, 책 제목은, 저자는, 스토리는 하며 꼬치꼬치 묻는다. 요즘 나는 직장을 그만두고 한가해져서, 진한이가 그러면 옆에 앉으라고 하고 읽던 책을 소리 내어 읽어준다. 진한이는 소설 책이건 심리학 책이건 마냥 앉아서 듣는다. 나는 한 10분쯤 읽다,

"진한아 재미없지? 재미없으면 안 들어도 돼."
라고 물어보는데, 그때마다
"아니."
라며, 내가 읽는 게 힘들어 그만둘 때까지 듣고 있다. 내용을 얼마나 이해하고 있는지는 정확히 알 수 없지만, 가끔 그 단어는 무슨 뜻이냐고 물어보는 걸 보면 건성으로 듣고 있는 것은 아닌가 보다.

이렇게 책을 좋아하는데 글을 읽을 수 있으면 얼마나 좋을까? 진한이는 유치원에 다닐 때까지만 해도 다른 아이들처럼 알파벳을 읽기 시작해서, 책을 읽게 될 줄 알았다. 하지만 진한이는 고등학교를 졸업하게 될 때까지 쉬운 동화책도 읽지 못했다.

그래도 글을 가르치려고 노력한 것이 허사는 아니었다. 그 덕분에 진한이가 생활에 필요한 필수적인 단어들―미국 특수 교육 교과과정에서 말하는 서바이벌 단어들―은 읽을 수 있어 얼마나 다행인지 모르겠다. 예를 들어, '비상구', '화장실'

이라는 단어와 화장실의 '남성'과 '여성' 표시, 길을 건널 때 '서시오'와 '가시오' 등을 읽을 수 있다. 그리고 집에 우편물이 오면 그것들이 어느 식구에게 가는지를 분류해서, 자기에게 온 것이면 읽어달라고 한다. 아침에 신문이 오면, 제일 먼저 스포츠 면을 펴고 보스턴의 야구팀인 레드삭스, 농구팀인 셀틱스, 그리고 풋볼팀인 패이트리오트의 점수를 읽는다.

아이에게 무엇을 가르치려 해도 아이가 내적으로 여러 가지 조건이 구비되어야 배울 수 있다. 진한이는 고등학교를 졸업하고 성인이 되어서야 글 읽기에 준비가 된 듯하다. 그 아이가 어렸을 때는, 잠시도 가만히 앉아 있지도 못하고 얘기를 집중해서 듣지도 못해서 뭘 가르친다는 것이 여간 어렵지 않았다. 그러더니, 고등학교를 졸업하고 나서야 배우려는 의욕도 있고 주의집중력도 생겨서, 나는 다시 읽기를 가르치기 시작했다. 도서관에서 초등학교 1학년 정도의 읽기 책을 빌려와서 읽혀 보니 더듬더듬이긴 하지만 읽을 뿐 아니라, 옆에 있는 책은 몇 권이고 다 읽자고 한다. 물론 진한이가 두꺼운 책을 혼자 읽을 수 있을 때까지는 아주 오랜 세월이 걸릴 것이다. 어쩌면 그 아이의 이번 생애에서는 가능한 일이 아닐지도 모르겠다.

요즘 같은 세상에 굳이 책을 읽어야 하는 걸까? 전자 기술이 발전하기 전, 사람들은 책을 지식을 얻기 위해서뿐 아니라 재미로도 많이 읽었다. 하지만 책은 점점 뒷방으로 밀려나서 아이들은 컴퓨터와 스마트폰에 매달려 책을 읽을 시간이 없다.

하지만 책은 우리를 생각하게 만든다. 요즘 아이들은 전자 정보에 많이 노출되지만, 생각을 덜 하기 때문에 직장에서도 좋은 인력이 되지 못한다고 한다. 책은 기억력과 사고력을 높이는 데 더없이 좋은 방법이며 책을 계속 읽는 사람은 치매에 걸릴 확률이 줄어든다고 한다. 진한이는 읽고 쓰고 셈하는 능력에 비해 생각과 행동이 반듯하고 상식적인 지식이 많으며, 표현력은 서툴러도 누구와도 쉽게 대화할 주제를 찾는다. 책이 이런 면에서 진한이에게 큰 도움을 주었으리라 생각한다.

사람의 사고력은 언어로 표현하는 능력이나 IQ와는 다를 수도 있다는 생각이 든다. 나는 언어 전문가가 아니어서 정확히 알 수 없지만, 미술이나 음악처럼 문학도 글을 읽고 쓰는 능력에 상관없이 감상할 수 있는 것 같다. 진한이가 고등학교에 다닐 때, 그 아이를 셰익스피어를 가르치는 영어시간에 들어가게 할 것인가라는 문제를 가지고 교사들과 의논한 적이 있었다. 진한이는 셰익스피어의 작품을 읽지는 못하지만 듣는 것은 좋아해서, 그 수업에 들어가게 하자고 결정했다. 그때 진한이는 통합교육을 하는 고등학교에 다니고 있었고, 그 영어수업은 학습장애가 있는 학생들을 위한 것이어서 그래도 가능했던 것 같다. 그 수업을 들으면서, 진한이는 셰익스피어의 문학작품을 오디오북으로 읽게 되었고, 그 학급의 학생들과 '한

여름밤의 꿈' 연극을 보러 갔다. 그 뒤로 진한이는 셰익스피어 얘기만 나오면 얼굴이 흥미로 가득해진다.

몇 년 전에는, 우리 동네 도서관에서 퓰리처상을 받은 시인이 발표회를 한다고 해서 간 적이 있었다. 진한이도 가겠다고 해서 데리고 갔는데, 그 시인은 한 시간이 넘도록 계속 시만 읽었다. 진한이와 내가 앉은 자리는 앞이었고 멀리 있는 문도 닫혀 버려, 나는 불안해서 진한이의 표정만 살피고 있었다. 시 발표가 끝나고 그 시인의 사인을 받은 시집을 사가지고 와서 그날 밤 읽었더니, 진한이가 "엄마 이거 거기서 읽었지"라는 것이었다.

우리 집 가까이 도서관이 있어서, 나는 아이들이 어렸을 때부터 자주 도서관에 가서 한 가방 가득 책을 빌려오곤 했다. 내가 처음 미국에 와서 감탄한 것 중 하나가 미국의 도서관이었다. 그곳에는 아무리 빌려와도 끝도 없이 좋은 책들이 많이 있었다. 아이들의 그림책들도 얼마나 창의적이고 아름다운지 나도 아이처럼 빠져 읽었다.

우리 가족들은 교대로 진한이에게 책을 읽어주긴 하지만, 항상 그것이 가능한 건 아니다. 하지만 요즘은 도서관에 CD로 녹음된 것이 많아 다행이다. 나는 도서관에 갈 때마다 녹음된 책을 빌려서 진한이는 혼자서도 들을 수가 있다. 몇 년 전부터는 여행을 갈 때 서점에 가서 CD에 녹음된 책을 사서 진한이의 가방에 챙겨 넣는다. 지난 번 여행에는 '허클베리 핀의 모험' CD를 가지고 갔다. 최근엔 전자 책이라는 것도 있어 더 편리해졌다.

요즘은 텔레비전뿐 아니라 컴퓨터, 스마트폰 등에 밀려 책을 읽지 않게 된다. 하지만 책은 사람을 생각하게 만드는 중요한 역할을 한다. 사람은 사고하며 상상력을 키우지 않으면 인간의 무한한 능력을 제대로 발휘하기 어렵다. 아이들에게 책 읽는 습관을 길러주어야 한다. 그것은 글을 읽기 힘든 장애아의 경우도 마찬가지라고 생각한다.

그래도 난 너를 사랑해

봄이 한창 무르익어 세상은 꽃천지다. 튤립, 수선화, 철쭉, 라일락 말고도 풀마다, 나무마다 앙징스런 꽃들을 달고 있다. 이렇게 아름다운 어느 일요일 아침, 성당으로 걸어가는 길에 진한이에게 이렇게 물었다.

"진한아, 이 세상에서 제일 아름다운 것이 뭘까?"

라고 했더니,

"나지?"

라고 했다.

나는 뜻밖의 대답에 어이가 없어서,

"너어? 누가 그래?"

"엄마가."

스무 살도 넘은 총각이 이런 대답을 한다면, 우스개 소리로 그러나 보다라고 하겠지만, 진한이는 그럴 농담을 할 사람도 아니니 내가 그런 말을 하긴 한 모양이고, 그 말을 진짜인 줄로 믿고 있는가 보다.

"그럼, 두 번째로 아름다운 건?"

"강아지."

라고 하는 그의 대답을 들으면, 진한이가 어떤 마음을 가진 사람인지 짐작이 갈 것이다.

진한이도 요즘 아이들 사이에 만연한다는 '나르시시즘'이라는 병에 걸리긴 한 모양인데, 나는 걱정스럽기보다는 감격해서 눈물이 날 지경이었다.

그동안 나는 진한이를 제대로 사랑해주지 못한 것 같아 늘 미안했었다. 결혼하자마자 그 아이를 가져, 미국으로 가는 남편과 헤어져 있게 되었기 때문에 처음부터 반기지 않았다. 낳고 나서도 밤이고 낮이고 울어대던 아기, 10살이 넘도록 머리에 번갯불이 번쩍번쩍하도록 내 정신을 쏙 빼놓았던 아이여서, 게다가 나는 서른도 안 된 철부지 엄마여서, 아이를 귀여워할 여유가 없었다. 그러다 둘째 아이 영한이까지 낳고 뒤늦게 미국에서 직장생활을 하게 되어 정신없이 바빴다.

그러다 두 해 전, 영한이가 시카고에 있는 대학에 진학하여 집을 떠나고, 나는 오랫동안 다니던 직장도 그만두게 되어 진한이와 오붓한 시간을 보낼 수 있게 되었다. 이제 의젓한 청년이 된 진한이와 찻집에도 가고 뮤지엄에도 가고, 진한이가 직장에서 돌아오면 시간에 쫓기지 않고 그 아이가 하는 얘기를 들었다.

나는 사랑한다는 말 같은 건 낯간지러워 못하는 시대에 한국에서 자란 사람이지만, 이제는 좀 달라졌다. 가능하면 우리 아이들과 다른 사람들에게도 사랑한다, 좋아한다, 멋있다, 예쁘다는 말을 많이 하려고 한다. 입으로만이 아니라 가슴으로 느끼면서 말이다.

부모는 당연히 자녀를 사랑하고, 자녀는 당연히 그걸 알 줄로 여기지만, 사실은 그렇지가 않다. 지난 여름 한국에 가서 『땅끝의 아이』라는 책을 읽게 되었다. 그 책에 보니, 부모의 사랑이 제대로 전달되지 않아 탈선한 아이들이 있었다. 그 아이들의 변호를 맡았던 이민아 씨는 그 아이의 부모들에게 지금, 아이에게 사랑한다고 말해달라고 부탁한다. 그 부모들은 자녀를 위한다는 일념으로 미국에서 열심히 일을 했지만, 그러느라 아이에게 사랑을 전할 여유가 없었던가 보다. 우리 부모님 세대는 물론이고 우리 세대까지도 "사랑한다는 걸 꼭 말로 해야만 아냐"라는 사람들이 많다. 하지만 사랑은 표현하지 않으면 알기 어려운지도 모른다. 꼭 말로 하지 않더라도 말이다. 부모가 사랑한다는 것을 느끼지 못하면, 아이들은 세상을 열심히 살아야 할 이유를 잃을지도 모른다.

흔히 행복은 누가 가져다주는 것이 아니라 내가 그러기로 결정함으로써 얻어지는 것이라고 한다. 사랑도 마찬가지다. 행복과 사랑은 다른 말 같아도 내게는 그것이 그것인 것 같다. 진짜 사랑이란, 누군가 좋아서 못 견디겠다는 것이라기보다는, 누군가가 행복했으면 좋겠다고 바라는 것이기 때문이다. 그리고 그럼으로써 자신이 행복을 느끼는 것이기 때문이다.

그러니 사랑도 행복처럼 마음먹기에 달려 있다. 그것이 말이 되는지 안 되는지를 보여주는 실화를 하나 소개한다.

지금부터 하려는 이야기는 유대인 강제수용소에서 일어난 일인데, 그곳에서 일어난 그 많고 많은 이야기들 중, 다이아몬드처럼 제일 빛나는 내용이라고 할 수 있다. 수용소에 와일드 빌 Wild Bill이라는 사람이 있었는데, 그는 다른 수감원처럼 잘 먹지도 못하고 편하게 잠도 못 자면서도, 유난히 얼굴이 환하고 생기가 넘치는 사람이었다. 그는 5개 국어를 하기 때문에 그곳에서 통역사 일을 하면서, 그곳에 수감되어 절망하고 있던 사람들을 다독거리는 역할까지 하느라 더 바빴다. 그 상황에서 어떻게 다른 사람을 위로할 여유가 있었을까? 그에게는 그럴 만한 이유가 있었다. 그가 수용소에 오기 전에 벌써, 아내와 두 딸 그리고 세 아들이 눈앞에서 총살되었다. 그때 그는 제발 가족과 함께 죽여달라고 사정했지만, 그는 총살당하지 않았다. 그가 여러 언어에 능통했기 때문이다. 그렇게 살아난 순간부터, 그는 이렇게 결심을 했다고 한다. '내가 살아 있는 동안 독일군을 증오하며 사는 건 가장 쉬운 일이다. 하지만 다른 사람을 미워하는 것이 어떤 결과를 낳는지를 똑똑히 보았기 때문에 나는 절대로 그러지 않겠다'고 말이다. 그는 그 뒤로 그가 만나는 모든 사람을 사랑하기로 했다. 독일군들조차도.

남이 보기에 사랑스러운 아기도 양육하는 부모의 입장에서 보면 사랑하기엔 너무 힘든 존재일 수 있다. 사실 아기가 태어나는 순간부터 부모가 사랑에 빠지기는 쉽지 않다고 한다. 특히 장애아인 경우 부모가 그 아기에게 사랑을 느끼기는 더 어려울지도 모른다. 장애라는 두려움과 절망감에다, 그 아이는 키우기도 여간 어려운 것이 아니다. 잠도 제대로 안 자고, 늘 보채고, 늘 아프고, 자폐증이 있는 경우는 부모에게 안기는 것도 싫어하니 애정을 갖기가 얼마나 힘들겠는가?

『아들 일어나다Son-Rise』라는 책을 보면, 베리 카우프먼은 18개월 된 아들 라운이 자폐증인 것을 알았지만, 그것을 "불행이 아니라 그 아이의 독특함과 가족의 사랑을 생생하게 드러내는 기회"로 받아들이게 되었다고 했다. 그 사랑은 기적을 이루어서 라운은 완치되어 브라운 대학을 졸업하게 된다. 이것은 믿기 어려운 이야기이긴 하지만, 카우프먼 부부가 어떤 사람인지를 알면 기적을 이루고도 남을 만하다는 생각이 들 것이다.

그 부부는 자기 아이 셋 말고도 아이를 셋이나 더 입양해서 키웠다. 그 중 한 아이, 라비는 2살 때 어머니가 죽고, 3살 때에는 너무 가난하고 살 길이 막막한 아버지가 아이를 칼로 2번이나 목을 베어 죽을 뻔하다 겨우 살아나서 고아원에 맡겨졌다. 그 이야기를 듣자마자, 카우프먼 부부는 이 아이를 입양할 결심을 했다. 라비를 데려와서 베리 카우프먼은 하루에도 몇 번씩 그 아이의 눈을 보며 "라비야, 나는 너를 사랑해"라고 했다. 그 아이가 어떻게 성장했을지 짐작할 수 있을 것이다.

어느 부모에게나 자녀처럼 소중한 존재는 없다. 하지만 그 사랑도 갈고 닦아 아이가 느낄 수 있도록 해야 빛을 발한다. 그리고 그 노력은 어쩌면 부모가 자신을 사랑하는 여유를 갖는 데서 시작해야 할지도 모른다.

살아 있는 뮤지엄

우리집 가까운 곳에 MFA(Museum of Fine Arts)라는 뮤지엄이 있다. 그곳에는 고대 이집트의 미라, 모네와 르누아르 등 인상파의 그림, 그리고 한국의 고려청자까지 있다. 나는 그곳이 보스턴의 명소이기 때문에 몇 번 가보았지만, 예술에는 문외한이라 그 절세의 작품들을 제대로 감상하지는 못했다. 그런데 그 까막눈을 뜨게 한 일이 생겼다.

얼마 전 MFA에 장애인을 위한 '살아 있는 예술'이라는 프로그램이 있다는 것을 알게 되었다. 그걸 알자 뮤지엄을 좋아하는 진한이이게 안성맞춤이라는 생각이 들어 등록했다. 그리고 진한이를 위해서뿐 아니라 나도 그 프로그램에 호기심이 생겼다.

진한이는 뮤지엄에 가는 것을 아주 좋아한다. 언어 표현이 자유롭지 못한 아이여서 왜 그런지 정확히 알 수는 없지만, 어느 뮤지엄이고 가면 연신 감탄하는 소리를 내며 몇 시간이고 지루한 줄을 모른다. 몇 년 전, 뉴욕에서 메트로폴리탄 뮤지엄에 간 적이 있었다. 두어 시간을 구경하다 보니 모두 지쳐서 이제 그만 가자고 했더니, 진한이는 왜 재밌는데 가느냐고 했다.

매달 첫 주 수요일 저녁 6시부터 8시까지, 나는 진한이를 MFA에 데려다 주고 데려오면서, '살아 있는 예술' 프로그램에서 무엇을 하느냐고 진한이에게 물어보았다. 그랬더니 여러 가지 그림을 보았다고 하고 북도 치고 춤도 추었다고 했다.

그러던 차에, '가족의 밤'을 한다는 초대장이 왔다. 나는 그 초대장을 받고, '진한이가 북도 치고 춤도 추었다고 하니 발표회를 하나 보다'라고 생각했다. 그런데 그날 가보니 내가 예상했던 것과는 전혀 다른 새롭고 인상적인 것들이 많았다. 그것은 그 프로그램의 장애인뿐 아니라 초대된 그들의 부모, 형제, 친구들이 참가하는 워크숍이라고 할까, 아니면 일종의 실험무대 같은 것이었다.

'살아 있는 예술'이라는 프로그램은 그 이름대로 예술품들을 그저 눈으로 보기만 하는 것이 아니라, 자신이 바로 그 예술품이 되는 체험을 하도록 해주었다. 그리고 그것은 드라마나 북, 딸랑이 같은 간단한 악기 연주, 율동 등으로 표현되었다.

'가족의 밤' 행사는 뮤지엄의 전시관 공간에서—수요일 저녁이어서 관람객은 많지 않았다—모두 손을 잡고 둥그렇게

원을 만든 다음, 자기 소개를 하는 것으로 시작되었다. 그 소개를 통해 내가 사뭇 놀란 것은 자원봉사자 수가 장애인 수와 거의 같다는 것이었다. 그리고 모두 대학생들인 줄만 알았는데, 실은 벌써 대학을 졸업하고 대학에서 경제학을 가르친다는 아가씨, 음악가 부부, 유학 온 남편을 따라 멕시코에서 미국에 왔다는 신혼의 부인 등이 있었다.

'살아 있는 예술'을 진행하는 코디네이터는 대학원에서 미학을 전공하는 젊고 생동감 있는 아가씨였으며, 모두 자기 소개를 마치고 코디네이터를 따라 간단히 몸을 푸는 맨손체조 같은 것을 했다. 그건 사실 몸을 푸는 것이라기보다는 새로운 사람과 새로운 장소에 있는 사람들의 마음을 푸는 것이었다.

몸을 푸는 동작을 한 뒤, 우리는 뮤지엄에 전시되어 있는 몇 가지 작품들을 감상하는 작업에 들어갔다. 제일 첫 작품은 내가 늘 황당해하던 잭슨 폴록Jackson Pollock의 그림이었다. 그곳에 전시된 작품은 검정색의 여러 도형들로 이루어진 바탕에 하얀 물감을 아무렇게나 뿌린 것 같은 그림이었다.

코디네이터는 그 그림을 몇 분간 들여다보라고 하더니, 그 그림의 캔버스가 될 사람 4명과 물감을 뿌리는 역을 할 사람 1명이 필요하다고 했다. 그곳에 모인 25명쯤 되는 사람들은 모두 책임감을 느끼며 서로를 쳐다보고 있었다. 대중 앞에 서는 것이 편하지 않았던 나는 그날도 가슴이 콩콩 뛰긴 했지만, 캔버스의 한 사람이 되겠다고 손을 들었다. 그날은 원래 춤도 제대로 못 추는 뻣뻣하기 짝이 없는 내 몸이, 시작할 때 맨손체조를 해서 그런지 좀 풀어지는 것 같았다. 그리고 거기 온 이상, 무슨 역할이든 하게 될 거라는 것은 피할 수 없는 사실이었고, 그럴 바에야 아무것도 않고 누워 있는 캔버스를 먼저 해버리는 것이 낫겠다는 생각이 들었다.

내가 맡은 캔버스의 역할은 말 그대로 뮤지엄 바닥에 몇 분간 누워 있는 것이었다. 물감을 뿌리는 역할은 대학에서 경제학을 가르친다는 자원봉사자 아가씨가 했는데, 그는 마치 발레리나가 춤을 추듯이 때로는 부드럽게 때로는 강렬하게 그 연기를 기가 막히게 잘 해냈다. 나는 아무것도 않고 누워 있을 것이라는 예상과는 달리, 그 예쁜 아가씨가 춤을 추듯 물감을 뿌리는 것을 올려다보며, 그곳에 그렇게 누워 캔버스가 되어가는 것을 느꼈고, 잭슨 폴록이 뿌리는 물감을 온몸에 받는 것 같았다.

그 추상화 다음 우리는 고대 이집트 벽화가 있는 방으로 갔다. 나는 그동안 여러 뮤지엄에서 이집트 벽화를 몇 번 보았지만, '굉장히 오래된 것이구나. 어떻게 이집트의 이런 유적이 여기에 와 있을까?'라는 등의 생각을 했을 뿐, 그 벽화에 무슨 그림이 그려져 있는지에 대해서는 별로 관심이 없었다. 코디네이터는 고대 이집트의 벽화를 우선 세 부분으로 나누고, 그곳에 모인 사람들도 세 그룹으로 나눈 다음, 그룹별로 그 부분의 그림을 율동으로 표현해보라고 했다. 우리 그룹이 맡은 벽화는 이집트의 농경생활을 그린 것이었고, 나는 씨를 뿌리고 곡식을 거둬들이는 아낙네의 역할을 하며 고대 이집트에 살던 한 여인이 되는 경험을 했다. 그 외에도 우리는 아프리카의 가면을 보고 그 표정을 만들어 보기도 하고, 피카소의 그림을 목소리로 표현해보기도 했다.

예술교육의 중요성에 대해 특별한 관심을 가지고 있는 저명한 학자 캔 로빈슨Ken Robinson은 "모든 아이는 아티스트로 태어나지만 대부분 자라면서 그 능력이 묻혀 버린다"고 했다.

우리는 절세의 예술작품들을 보며 시간과 공간을 초월하여 그 작가의 예술적인 정열과 그 영혼을 느끼게 되고, 그것이 우리 자신 안에서 살아나는 것을 실감하게 된다. 그것은 언어나 글로 표현하는 것이 제한되어 있는 장애인도 마찬가지일 것이라고 믿는다. 아니 어쩌면 그들은 언어와 글이라는 인간이 만든 틀에 갇히지 않아, 인간 본래의 예술적인 능력이 더 살아 있을지 누가 아는가?

귀로 맛보는 산해진미

아침마다 나는 폴 바이롬Paul Byrom의 "나를 기억해 주세요 Remember Me"라는 노래에 흠뻑 젖는다. 폴 바이롬은 아일랜드 최고의 젊은 테너가수인데, 목소리가 부드럽고 로맨틱하여 대중가요를 불러도 아주 듣기가 좋다. 최근에 그는 "썬더 Thunder"라는 남성그룹에 스카우트되어 일반 대중에게도 인기가 대단하다. 이 노래를 직접 공연장에 가서 듣는 것보다야 못하겠지만, 그것에 버금가는 것이 차 안에서 듣는 음악일 것 같다. 소리의 볼륨을 좀 높여서 들으면, 그 작은 공간 안에서 온몸에 전율을 느끼게 된다.

이 노래는 애절한 스페니쉬 기타와 장엄한 교향악단의 반주와 함께, "달빛이 나무들 사이로 춤을 추고 나는 당신 생각에 젖어듭니다"라고 시작되어, "당신이 나를 기억하는 한 나는 약해지지 않을 것입니다"라고 절규하는 클라이맥스로 끝난다.

커피를 마시지 않는 내게, 이 노래는 마치 진하고 향기 좋은 모닝커피와도 같이 아침의 나른한 몸과 마음에 활력을 준다.

좋아하는 음악을 들으면 아주 맛있는 음식을 먹을 때와 같이 두뇌에서 도파민이라는 물질이 생성된다고 한다. 그래서 어떤 노래를 들으면 소름이 돋고 황홀해지는데, 그것은 마치 마약을 먹는 것과 같은 현상이 두뇌에서 일어나기 때문이라고 한다.

내가 폴 바이롬을 알게 된 것은 진한이 때문이다. 진한이는 TV 교육방송의 음악프로를 즐겨 보곤 한다. 그날은 나도 그의 노랫소리에 끌려 같이 보게 되었다. 한국에서도 비슷하겠지만, 미국의 교육방송은 거의 시청자들의 기부에 의해 운영된다. 그날도 폴 바이롬의 공연을 방영했는데, 기부를 하면 CD를 보내주겠다고 했다. 진한이와 나는 두 번 생각할 것도 없이 "우리 이거 받자!"라고 했다.

진한이는 장르에 관계없이 거의 모든 음악을 좋아하며, 클래식 음악에도 일가견이 있다. 얼마 전, 자동차를 타고 가다 빙그레 웃더니 "문moon~"이라고 했다. 그때 베토벤의 월광이 라디오에서 흘러나오고 있었다. 그 곡이 끝나고 나서, "세라 장(장영주)"이라고 해서 왠 세라 장인가 했더니 세라 장이 연주한 비발디의 사계였다. 그 즈음, 세라 장이 비발디의 사계를 색다르게 연주해서 화제가 되었고 음악 방송에 자주 나왔다.

진한이는 다른 능력에 비해 음악을 듣는 귀가 밝은 편이다. 사실 음악뿐만 아니라 거의 모든 소리를 잘 듣는 편이다. 귀가 밝은 것과 음악을 듣는 능력과 연관성이 있는지 궁금하다. 얼마나 귀가 밝은지 집안의 다른 식구들은 아무도 못 듣고 있는데, 집에 우체부가 왔다고 현관으로 가서 우편물을 가지고 오기도 한다. 한두 번 들은 음악도 잘 기억해내고, 유명하지 않은 영화 음악에 영화 제목을 대곤 한다. 그걸 보고 어떤 친구는 진한이에게 악기 연주나 작곡 같은 걸 시켜보라고 한다. 그건 어려운 듯하지만 진한이가 음악을 감상하는 능력은 장애가 없는 사람들과 다를 바가 없다.

진한이의 음악에 대한 감각은 영한이가 악기 연주를 했기 때문에 더 발달된 것 같다. 진한이는 집에서 늘 영한이가 바이올린 켜는 것을 들어왔고, 15살쯤 되었을 때는 초등학교에 다니던 영한이의 음악발표회에 갈 수 있게 되었다. 초등학교 아이들의 음악발표회는 길지 않고, 청중 가운데 아이들이 많기 마련이어서 우리는 진한이의 행동에 신경을 쓰지 않아도 되었다.

영한이가 청소년 교향악단에 들어갔을 때, 진한이는 더 의젓해져서 두어 시간 넘게 하는 공연에도 갈 수 있게 되었다. 그즈음부터는 음악회에 가면, 다른 사람들보다 조금 더 자주 주위를 두리번거리는 것을 빼고는 다른 청중과 다를 바가 없었다.

하지만 우리 부부는 진한이와 함께 보스턴 심포니의 연주를 들으러 가게 될 줄은 몰랐다. 바이올린을 연주하는 영한이를 데리고 우리 부부는 교대로 심포니홀에 가곤 했다. 그럴 때마다 진한이도 가고 싶어 해서 미안한 생각도 들었지만, 진한이가 오랫동안 잘 앉아 있을지 자신이 없었다. 그러다가 작년부터 우리 가족은 진한이를 데리고 보스턴의 심포니홀에도 가게 되었다.

진한이는 심포니홀에 간다는 말을 듣는 날부터 들떠 있었다. 우리가 진한이를 데리고 처음 보스턴 심포니의 연주에 가서 들은 곡은 모차르트의 바이올린 협주곡 5번이었다. 그 곡은 영한이가 오랫동안 연습하던 곡이어서 그 곡이 시작되자, 진한이는 반가운 친구라도 만난 듯이 내게 눈짓을 했다. 그리고는 그 곡이 연주되는 동안 바이올리니스트에게서 잠시도 눈을 떼지 않고 있었다.

모차르트의 바이올린 협주곡이 끝나고 연주된 음악은 내가 한 번도 들어본 적이 없는 초현대 음악이었다. 그 음악은 작곡가가 직접 지휘를 할 만큼 현대 음악 중의 현대 음악이었다. 9시도 훨씬 지나 시작한 그 음악은 취침시간이 10시인 내게는 자장가와 같았다. 나는 졸음이 와서 거의 눈을 뜰 수가 없었는데, 진한이는 몇 번 하품을 하긴 해도 꼼짝 않고 잘 앉아 있었다. 음악이 끝나고 심포니홀을 나오며 남편은 마치 진한이가 연주라도 했던 것처럼 "진한아 잘했어"라며 진한이의 등을 다독거렸다.

음악은 우리의 감정을 예술적으로 표현한 것으로, 우리의 감정에 생명을 불어넣는 역할을 한다. 우리는 음악을 통해 기쁨뿐 아니라 슬픔이나 분노와 같은 감정을 있는 그대로 받아들이고 순화하여 표현함으로써 잘 처리할 수 있게 된다. 진한이처럼 언어능력이 제한되어 감정 표현이 자유롭지 못한 경우, 음악이 그 역할을 대신 해주는지도 모르겠다.

장애가 있는 아이들은 물리치료나 언어치료와 마찬가지로 음악치료를 받기도 한다. 노래나 악기 연주를 할 수 있게 되면, 언어와 감각발달에 도움이 된다고 한다. 진한이처럼 노래나 악기 연주는 할 수 없더라도 음악은 듣기만 하는 것으로도 좋은 효과를 얻는 것 같다.

고마운 옆집 할머니 바바라

외출을 하고 들어오는데 우편물 바구니에 카드가 꽂혀 있었다. 아직 우편물이 올 시간도 아닌데 하나만 달랑 있는 걸 보니 이웃에서 누가 갖다놓았나 보다. 꺼내 보니 이웃집 할머니 바바라에게서 온 것이었다.

새나 씨,

어제 한국 레스토랑에 데리고 가주어서 고마워요. 진한이의 직장생활, 영한이의 대학생활, 그리고 내가 잘 몰랐던 페이스북에 대한 얘기 재미있게 들었어요. 점심은 또 얼마나 맛있었는지 몰라요. 그 레스토랑을 알게 되어 기뻐요. 우리 남편 조지와 그곳에 다시 가야겠어요.

바바라 할머니가 이런 카드를 쓰다니 참 뜻밖이었다. 그분은 우리 동네에서도 깐깐하기로 정평이 나 있는 할머니다. 하지만 우리 가족에게는 더없이 고마운 분이다. 그분은 오랫동안 고등학교 수학 교사를 하다 정년퇴직하고 할아버지와 같이 살고 계신다. 두 분은 여름엔 보트를 타러 가고, 겨울에 눈만 오면 크로스컨트리 스키를 타러 다니며 사셨는데, 얼마 전부터 할머니가 건강이 나빠져 거의 집에만 계신다. 그래서 내가 할머니에게 같이 점심식사를 하러 나가자고 했다. 그렇게나마 나는 그동안 받은 것을 조금 갚을 수 있게 되었다.

진한이와 바바라 할머니는 특별한 인연이 있는 것 같다. 우리가 처음 이 동네에 이사 와서 얼마 되지 않았을 때 이런 일이 있었다. 내가 아직 직장에서 퇴근하지 않았는데 진한이 학교에서 실수로 그만 그 아이를 밴에 태워 집에 보냈다. 날씨도 추운 겨울이었는데 벨을 눌러도 아무도 나오지 않으니까, 진한이는 밖에서 서성이고 있었다. 마침 바바라 할머니가 진한이를 보았다. 그래서 집에 들어오라고 해서 따뜻한 코코아를 만들어 주시고 내가 올 때까지 데리고 계셨다.

그때 내가 집에 와서 바바라 할머니의 전화를 받고 얼마나 놀랐던지. 진한이가 할머니의 눈에 뜨였으니 얼마나 다행이었는지 모른다. 그 뒤로 바바라 할머니는 자기는 정년 퇴직을 해서 늘 집에 있으니 진한이를 돌봐줄 사람이 필요하면 언제든지 부탁을 하라고 했다.

그래서 우리가 부부동반 저녁모임 같은 데를 갈 일이 있으면 진한이를 바바라 할머니 집에 두고 가곤 했다. 그러면 그분은 내가 진한이를 데리고 가기도 전에 우리 집에 와서, 저녁 먹기 전에 산책을 하면 어떻겠냐고 했다. 그렇게 동네를 한 바퀴 돌고, 공원에도 가고 그러셨다. 그리고 나서 집에 가서 햄버거를 만들어주고, 내가 올 때까지 TV에서 야구 중계 등을 틀어 놓고 함께 얘기를 하며 진한이 곁에 앉아 계셨다. 남편과 나는 일 년에 두어 번 바바라 할머니에게 진한이를 부탁했는데, 바바라 할머니는 나를 볼 때마다 진한이를 자기에게 맡기고 남편과 저녁 데이트도 하고 그러라고 하셨다.

미국에서 살게 되어 진한이에게 좋은 점이 많았지만 한 가지 아쉬운 점이 있다. 바로 할머니, 할아버지 곁에서 자라지 못하는 것이다. 나는 결혼할 때까지 우리 집에 할머니가 함께 사셨고, 우리 형제 셋 중에서도 할머니와 가장 많은 시간을 보냈다. 그건 아마 내가 맏이였고 우리 어머니가 동생들 때문에 바쁘셔서 그랬던 것 같다. 내가 초등학교에 다니기 전에는 시골에 사시던 할머니 댁에 가서 있기도 하고, 할아버지가 돌아가시고 할머니가 우리 집에 와서 사실 때는, 할머니가 외출을 하실 때 따라가곤 했다. 심지어 대학에 다닐 때에도 밤에 깨서 배가 아프면 할머니 방에 갔다. 할머니 방과 내 방이 붙어 있어서도 그랬지만, 왠지 어머니와 아버지가 주무시는 방보다는 할머니 방으로 가는 것이 편했다. 할머니는 그때마다 내가 잠들 때까지 배를 쓸어주셨다.

핵가족이 부부에게는 좋은 것 같아도 아이들에게는 좋지 않은 것 같다. 아이들이 대가족이 있는 집에서 살면 부모가 바쁘거나 다투거나 해도 할머니에게 달려가서 안기면 되는데 말이다.

우리 가족을 보러 오신 할머니, 할아버지와 찍은 사진 액자에 이런 시가 쓰여 있다.

아이들은 자라는 데 특별한 사랑이 필요합니다.
따뜻하고 이해심 많은 사랑, 할머니 할아버지가 되면 알
게 되는 그 사랑
아이들은 자라는 데 특별한 사랑이 필요합니다.
사려 깊고 지혜로운 사랑, 아이들에게 추억을 주고, 평생
보석처럼 간직하게 될 사랑

현대는 비행기로 하루 만에 세상 곳곳을 다 갈 수 있고 무선전화로 누구와도 통화를 할 수 있지만, 우리는 예전보다 더 외로움을 느끼는지도 모른다. 아마 노인과 아이들은 더 하지 않을까.

안성맞춤 스포츠

지난 몇 해 동안 진한이는 스페셜 올림픽에 참가해 왔다. 그동안 축구, 육상, 농구를 했으며 스페셜 올림픽의 슬로건처럼 결과보다는 그 과정에 의미를 두고 있었다. 그런데 올해 처음으로 수영을 시작하여 금메달을 따게 되었다. 개인 경기가 아니고 릴레이이긴 했지만 믿을 수 없는 성과였다.

나는 진한이가 이렇게 수영을 잘하게 될 줄 몰랐다. 유치원 다닐 때부터 학교에서 물리치료의 일환으로 수영을 가르쳤지만 오랫동안 배우지 못했다. 물을 무서워하지 않아 수영장에 데리고 갈 수 있는 것만으로도 다행이라고 생각했다. 언젠가부터 초보자용 풀에서 첨벙거리며 놀다 떠서 가는 것을 발견하고 그것만으로도 신기했다. 어떤 땐 떠 있는 것 같은데 걷고 있어 웃곤 했다.

올해 이웃의 풀장에서 스페셜 올림픽 수영 연습을 한다고

수영은 장애가 없는 사람이
장애가 없는 사람과 다름없이
즐길 수 있는 운동이며

함께 경쟁을 하여도
큰 차이가 없을 정도이다.

해서 진한이에게 수영을 배우게 하려고 데리고 갔다. 코치에게 수영을 가르쳐줄 수 있냐고 했더니 초보장용 풀로 데리고 가더니 금방 레인이 있는 풀로 옮겨갔다. 그걸 보고 코치에게 가서 그 풀에서 안전할지 모르겠다고 했더니 코치가 진한이 옆을 지키고 있었다. 그런데 진한이는 단숨에 25미터를 수영해서 반대편으로 갔다. 어떻게 이런 일이 일어날 수 있을까? 내게는 기적과 같은 일이었다.

그동안 진한이가 시도해온 축구, 농구, 달리기는 모두 수영처럼 해내지 못했다. 진한이가 제일 처음 시작한 스포츠는 축구였다. 스페셜 올림픽 축구를 하기 벌써 오래전 초등학교 1학년 때 축구를 했던 기억이 난다. 진한이는 일반 초등학교의 통합교육 프로그램에 있었기 때문에 그 학교의 축구팀에 들어갈 수가 있었다. 연습을 하는 것까진 괜찮았는데 게임날 코치가 진한이의 손을 잡고 함께 뛰어다니는 걸 보며 그때만 해도 그것을 보는 것이 괴로워서 더 이상 데리고 가지 않았다. 그러다 몇 년 전 스페셜 올림픽을 통해 다시 축구를 시작하게 되었는데, 여전히 진한이의 축구경기를 지켜보는 것은 쉬운 일이 아니었다. 어렸을 때나 어른이 된 지금이나 진한이는 신체장애가 없어 뛰어다니는 일에는 문제가 없지만 축구경기가 어떻게 돌아가는지를 이해하지 못해서 경기와는 무관하게 왔다갔다 했다. 스페셜 올림픽의 축구에 참여하는 선수들은 대부분

신체장애도 없고—그 중에는 간혹 휠체어를 타고 있는 사람이 있지만—지적장애도 비교적 심하지 않은 것 같다.

농구는 진한이에게 축구보다는 조금 쉬운 것 같았다. 농구도 축구처럼 단체 경기여서 여러 가지 규칙을 이해해야 하지만, 일단 농구코트는 축구경기장보다는 작아서 혼자 따로 떨어져 서 있는 일은 줄어들었다. 그리고 발보다는 손으로 공을 다루는 편이 아무래도 수월한 것 같았다. 농구는 축구에 비해 패스해주기도 쉽고 일단 공을 받으면 손으로 잡고 있기 때문에 뺏길 염려도 덜하다. 게다가 진한이는 이웃에 있는 학교의 농구 코트에 가서 영한이와 슛하는 연습은 자주 해서 슛은 잘한다.

육상은 축구나 농구처럼 단체경기가 아니고 단순하게 달리기만 하면 될 것 같지만 그것도 진한이에게 쉽지는 않았다. 육상은 그저 뛰기만 하는 것이 아니라 짧은 시간 동안 목표를 향해 전력을 다해야 한다. 진한이는 100미터를 뛰라고 하면 그동안 옆에 서 있는 사람도 보고 나무도 보고 그렇게 쉬엄쉬엄 간다.

그런데 수영은 다른 스포츠와 달랐다. 단체경기가 아니니 복잡하지도 않고 육상처럼 다른 데 정신을 팔 수도 없다. 일단 물 속에서는 가라앉지 않으려면 수영을 해야 하고 적당한 위기감이 목표지점까지 나름대로 혼신을 다하게 하는 모양이다. 아기에게 수영을 가르치면 걷기 전에 수영을 배운다고 하는 걸 보면 수영은 걷는 것보다 더 자연스러운 것인지도 모르겠다. 그리고 물에서는 몸이 가벼워져서 신체장애가 있는 사람들도 땅에서 걷는 것보다 몸이 자유로워진다고 한다. 진한이의 경우 신체장애는 없지만 걸어다니는 것을 보면 다른 사람들에 비해 몸의 움직임이 부자연스럽다. 진한이는 나보다 수영은 더 잘하며 물속에서의 얼굴 표정은 아주 편안하고 즐거워 보인다.

스페셜 올림픽 수영 연습을 하는 곳에 유난히 눈에 띄는 알렉스라는 젊은이가 있다. 알렉스는 자폐증이 있으며, 부모를 제외하고 다른 사람과는 대화를 하지 않는다. 볼 때마다 늘 손을 자기 얼굴 앞에 대고 흔들며 뭐라고 중얼거리며 다닌다. 하지만 알렉스는 수영을 열정적으로 즐기는 것 같다. 알렉스는 진한이와 농구도 같이 하는데 농구경기를 하는 걸 보면 진한이와 다를 바가 없다. 농구경기에 상관없이 혼자 이리저리 뛰어다닌다. 알렉스는 진한이보다 오랫동안 수영경기에 참여해 왔으며 기록도 아주 좋다. 우연히 알렉스의 할아버지와 대화를 한 적이 있다. 알렉스의 부모가 아니라 할아버지를 만나게 된 것은 알렉스의 부모가 결혼기념 여행을 떠나고 할아버지가 그 집의 아이들을 봐주러 오셨기 때문이었다. 알렉스의 할아버지는 알렉스가 어렸을 때부터 해변가에 자주 데리고 갔다는데 알렉스가 수영을 아주 좋아하더라고 하셨다.

　　진한이는 어렸을 때부터 물리치료의 일환으로 늘 수영을 해왔지만 나는 그 효과가 어떤지에 대해서는 잘 알지 못했다. 내가 최근 조사한 바에 의하면, 수영은 장애가 있는 사람이 정상인과 다름없이 즐길 수 있는 운동이며 함께 경쟁을 해도 큰 차이가 없을 정도이다. 물속에 들어가면 몸이 가벼워져서 장애가 있는 사람들도 몸을 자연스럽게 움직일 수 있다. 그리고 물은 온몸에 적당히 자극을 주어 감각을 살아나게 하기도 한다. 또 수영은 일단 배우기만 하면 다른 스포츠와 달리 부상을 입지 않는 안전한 운동이기도 하다. 수영을 배우면 수영하는 기술뿐 아니라 전반적인 신체 기능이 발달하며 자세가 교정된다. 이렇게 수영은 신체적인 혜택뿐 아니라 자신감이 생기게 하며 긴장완화에도 도움이 된다.

사이먼 앤 가펑클을 아세요?

나는 2010년 직장을 그만두기 전까지, 10년간 만 2세부터 5세까지의 아이들을 위한 학교인 에버그린 데이 스쿨의 교사로 근무했다. 우리 옐로우Yellow반에 매년 교생실습을 하러 오는 학생들 중에서 유난히 잊혀지지 않는 마이클이라는 청년이 있었다. 그 마이클을 얼마 전 이웃에서 다시 만나게 되었다. 나는 마이클을 보자마자 "험한 세상 다리가 되어"의 노래가 나올 뻔했다. 그 학생은 우리 반에서 교생실습을 할 때 누굴 만나든 인사처럼 사이먼 앤 가펑클을 아느냐고 물었다.

처음 만나는 사람에게 이렇게 물어본다는 걸 보면 '뭔가 독특한 사람이구나'라는 느낌이 올 것이다. 그렇다. 마이클뿐 아니라 우리 학교에 교생실습을 오는 학생들은 좀 색다르다. 말하자면 경도의 지적장애가 있거나 심한 학습장애가 있는데, 지적능력은 초등학교 3학년에서 6학년 정도라고 한다. 내가 일하는 학교 가까이에 있는 레슬리Lesley 대학에 이런 학생들을 위한 스레쉬홀드Threshold라는 프로그램이 있다. 이 프로그램은 2년 단기 과정으로 컴퓨터기술, 인간관계에 필요한 기술, 건강 관리하는 법, 돈 관리하는 법, 성교육, 의료시설을 이용하는 법, 미술, 작문, 요가 등으로 이루어져 있다. 그리고 적성에 따라 유아원, 사무실, 가게, 양로원 등에서 실습을 하며 취업을 준비한다. 이 학생들은 그 대학의 기숙사에서 일반 대학생들과 함께 사는데, 마지막 학기에는 학교 바깥에 있는 실습용 아파트에서 나가 독립하여 생활하는 법을 배운다.

점점 그 수가 늘어나고는 있지만 미국에도 아직은 유아원이나 유치원에 남자 교사가 드물다. 마이클은 우리 학교에 오는 남학생으로도 그렇고, 신체장애가 있는 학생으로도 첫 교생이었다. 그래서 실습을 시작하기 전에 신체장애가 있어도 괜찮겠느냐고 물어왔다. 나는 그때부터 애처로운 생각이 들었다. 게다가 우리 아이 진한이와 동갑내기 남자 학생이어서 더더욱 그랬다. 내 마음이 그런 줄을 알았는지 마이클은 나와 쉽게 가까워졌다.

어느 날 마이클은 내게 영리하게 잘생긴 남자아이의 사진을 보여주었다. 7살 때의 자기 사진이라고 하면서 그때까지는 정상이었는데 어느 날 심하게 앓고 나서 몸의 왼쪽 부분이 마비되었다고 했다. 다행히 걸을 수는 있었지만 왼쪽 발에는 보조기를 끼고 절룩거리게 되었고 왼팔과 왼손은 전혀 쓸 수가 없게 되었다는 것이다.

헬렌 켈러는 어렸을 때 열병을 앓고 나서 시력과 청각을 모두 잃었다지만, 지적능력에는 영향을 받지 않았던 것 같다. 하지만 마이클은 신체적인 것뿐 아니라 지적능력도 손상이 되었는가 보다. 어렸을 때 유난히 레고블럭놀이를 좋아했다는데 우리 반에 실습을 나와서도 아이들과 늘 그 놀이를 했다. 어떤 때는 아이들이 옆에 있는 것도 잊고, 7살 때의 자신으로 돌아간 듯이 혼자 레고 쌓기에 열중해 있었다.

우리 학교에서 교생실습을 마치고 떠난 마이클을 다시 만나게 된 건 마이클이 우리 이웃의 슈퍼마켓에서 일을 하게 되었기 때문이었다. 마이클은 아이들을 좋아해서 교생실습을 해보았지만 학교에서 일하는 것은 적성에 맞지 않더라고 했다. 내가 그동안 염려했던 것과는 달리, 마이클은 우리 학교에 왔을 때와는 아주 다른 청년이 되어 있었다. 그때는 자신의 장애에 대해 불평을 하며 얼굴이 어두웠고 우울증이 있어 약을 먹기 때문에 늘 피곤하다고 했었다.

그런데 요즘 슈퍼마켓에서 일하고 있는 마이클을 보면, 걷는 모습도 나아지고 얼굴도 환해졌다. 내가 좋아 보인다고 했더니 1년 전 심장마비가 왔다고 했다. 그 말을 듣고 내가 놀랐더니 오히려 그 후로 보조기를 끼지 않아도 걸을 수 있게 되었다고 한다. 지금은 학교를 졸업하고 룸메이트와 함께 아파트에서 살고 있다고 한다.

마이클을 다시 만나고 돌아와, 사이먼 앤 가펑클의 "험한 세상 다리가 되어"를 다시 들었다.

당신이 슬픔으로 지쳐 있을 때 험한 세상의 다리처럼 당신을 지켜주겠어요.
외로이 길에 서 있는데 갑자기 어둠이 내리고 마음은 온통 아픔뿐이더라도 내가 있다는 것을 잊지 마세요.
자~ 항해를 계속하세요.
이제 당신의 시간이 왔어요. 당신이 꿈꾸고 있던 일들이 오고 있지요? 보세요. 그것들이 얼마나 밝게 빛을 발하고 있는지.

누구에게나 삶은 쉽지 않지만 마이클처럼 하루 아침 일어나 보니 불구가 되어 버린 그 인생을 살기란 얼마나 힘들었을까? 하지만 오늘 마이클을 보니 그 험한 세상을 건너가는 다리라도 찾은 것처럼 보여 마음이 놓인다.

+++ 이 글은 2009년 2월 2일 미주 한국일보에 기재되었던 것을 수정했다.+++

지금 그 모습 그대로

부모는 자녀를 모든 어려움으로부터 보호하고 싶어 하지만, 누구의 삶도 완벽하지 않다는 것을 인정해야 한다. 부모가 자녀에게 줄 수 있는 선물은 아마도 부족하기는 해도 좌절하지 않고 사랑과 희망으로 삶을 다듬어가는 모습인지도 모르겠다.

천하일품 미소 만들기

입이 큰 편이고 다물기가 어려운 진한이는 치아가 유난히 눈에 띈다. 게다가 늘 웃는 편이어서 반듯한 이가 더 인상적이다. 진한이는 치아교정의 덕을 단단히 본 사람 중 하나이다. 교정을 하지 않았더라도 그 맑은 미소는 변함이 없겠지만 지금처럼 천하일품의 미소가 되지는 못했을 것이다.

진한이는 젖니를 갈고 영구치가 생겨나는 모양이 무질서하기가 이루 말할 수가 없었다. 위의 두 앞니 사이는 한참이나 벌어지고, 옆니는 들어갔다 나왔다 아무 데나 뿌려 놓은 듯했다. 그리고 아래 앞니가 위 앞니보다 더 앞으로 나오기 시작하여 주걱턱의 기미도 보였다.

만 8살이 되니 진한이의 치과선생님이 교정을 해야겠다고 하셨다. 진한이는 윗니가 날 자리가 부족해서 입천장을 늘리는 일부터 했다. 그렇게 시작한 진한이의 치아교정 과정은 무척이나 길고 힘들었다.

진한이는 혼자 이를 제대로 닦지 못했기 때문에, 내가 아침 저녁으로 교정틀을 낀 이를 닦아주어야 했다. 그리고 밤에 잘 때 입을 누르고 자는지, 아니면 혀 움직임이 남들과 달라서였던지, 자주 철사가 빠지고 입안이 쓸려 헐곤 했다. 그럴 때마다 '이렇게 고생을 하며 교정을 해야 할 필요가 있을까? 진한이에게 이가 조금 더 반듯하다는 것이 과연 무슨 의미가 있을까? 다음 달에 교정을 하러 가면 그만 교정틀을 빼달라고 해야지'라는 생각을 하고 또 했지만, 막상 의사선생님을 만나면 그 말을 하지 못하고 결국 치아교정을 마치게 되었다.

내가 치아교정을 그만두자고 말하지 못했던 것은 친절하고 참을성 있는 치과선생님과 무던한 진한이 때문이었다. 치과선생님은 치과가 문을 닫는 주말에도 철사가 빠졌다고 응급전화를 하면 늘 싫은 내색 한 번 않고 오셨다. 그리고 진한이는 그 고생을 마다 않고 치과에 따라가 주었다. 장애가 있는 아이 중에는 치과에 가는 것을 무서워하거나 싫어해서 일반 치과는 물론 교정은 생각조차 하지 못하는 아이도 있다고 들었다.

반듯한 치아는 미인의 필수 조건이라고 할 정도로 좋은 인상을 주는 데 중요한 역할을 한다. 나는 덧니 때문에 교정을 받았고 둘째 아이 영한이도 치아교정을 했지만, 꼭 치아교정이 필요했는지 모르겠다. 하지만 진한이의 경우는 마치 자동차 사고를 당하여 얼굴이 망가진 사람의 성형수술처럼 꼭 필요했던 것 같다.

진한이만 그렇게 치열이 고르지 못했는지 아니면 다른 지적장애가 있는 아이들도 그런 문제가 있는지 궁금해서 조사를 해보았다. 그랬더니 지적장애나 신체장애가 있는 아이들 중에는 진한이처럼 치열이 고르지 않거나, 윗니와 아랫니가 맞지 않는 부정교합이 많다고 한다. 이것은 외관상의 문제뿐 아니라 음식을 씹는 것과 말하는 것에 좋지 않은 영향을 미치게 되니 가능하면 교정을 받는 것이 좋다고 한다.

장애가 있는 아이들은 치열의 문제뿐 아니라 충치가 생길 가능성도 많다. 무엇보다 나이가 들어서도 혼자 이를 닦기가 어렵기 때문이기도 하고, 그 밖의 여러 가지 다른 이유들도 있다. 아예 이 닦는 것을 거부하는 아이들도 있고, 건강이 좋지 않아 시럽으로 된 약을 자주 복용하거나, 우유병을 너무 오랫동안 물고 있어서일 수도 있다. 진한이처럼 혀가 크고 그 움직임이 윤활하지 못해서 음식을 먹은 후 음식 부스러기를 항상 입안에 남겨놓아 그럴 수도 있다.

구강 주변이 지나치게 예민해서 이 닦는 것을 거부하는 아이도 있는데, 이때는 따뜻한 수건으로 마사지를 하거나, 인형으로 뽀뽀를 하거나 이 닦는 놀이 등을 하여 그 감각에 익숙해지도록 하면 도움이 된다. 음식을 먹은 후, 진한이처럼 혀로 입안의 음식물을 잘 청소하지 못하는 경우에는, 물로 입안을 헹구도록 하는 것이 좋다. 그리고 아이가 이 닦는 일을 제대로 할 수 있도록 연습하는 것도 중요하지만, 혼자 잘할 수 있을 때까지 마무리는 부모나 형제들이 해주어야 충치를 막을 수 있다.

진한이처럼 입으로 숨을 쉬고 입을 잘 다물지 못하는 경우에는 잇몸질환이 생기기 쉬우며 위쪽 잇몸이 충혈될 수도 있다. 그 이유는 입을 벌리고 있으면 잇몸이 건조해지기 때문이라고 한다. 이런 경우 물을 자주 마시고, 자주 치과에 가서 잇몸질환이 생기지 않도록 관리를 해야 한다. 그 외에도 잘 때 이를 갈아 이가 닳아지거나 혀가 다른 사람보다 크기 때문에 자면서 혀의 옆부분을 깨물기도 한다.

치아와 잇몸질환은 그것으로 끝나는 것이 아니라 전체적인 건강에 영향을 미친다고 하므로 치료는 물론 예방에 각별히 신경을 써야 할 것이다.

나도 장애인

영한이 학교에서 '장애를 이해하기'라는 프로그램에 참여한 적이 있다. 이 프로그램은 우리가 살고 있는 브루클라인의 초등학교 4학년 필수 교과과정이며, 교육위원회에서 내용을 결정하지만 실행은 교사가 아니라 부모가 맡아서 하게 되어 있다.

이 과정은 모두 4단원 —시각장애, 청각장애, 신체장애, 지적장애—으로 되어 있는데 나는 그 중 지적장애 프로그램을 도왔다. 진한이에게 지적장애가 있기 때문이기도 하지만 다른 장애보다 이해시키기가 좀 막연할 것 같은 분야여서, 도대체 어떻게 실행하는지 궁금했다.

시각장애 단원에서는 눈을 가리고 걸어다녀 보라고 하고, 청각장애 단원에서는 듣기 어려운 소리로 애기를 해주고 무슨 말인지 알아맞춰 보라고 하고, 신체장애 단원에서는 휠체어에 앉아 여기저기를 돌아다녀 보라고 한다. 휠체어를 타고 층계를 내려가거나 화장실에 갈 수 있는지도 시도해보라고 한다.

지적장애를 가진다는 것은 어떤 것일까? 지적장애 이해하기 프로그램은 우선 4학년 학생 전체가 모여서 '지적장애'란 말을 어떻게 이해하고 있는지 토론하는 것으로 시작되었다. 이 토론은 장애인 법에 관한 일을 하고 있다는 마음씨 좋은 아주머니같이 생긴 어느 변호사가 맡았다. 아이들과 대화를 나눈 다음 '지적장애'란 '능력이 없거나 부족한 것이 아니라 단지 배우는 것이 느린 사람'이라고 정의했다. 그러니 지적장애가 있는 사람을 낮추어 부르는 말로 써서는 안 된다고 했다. 그 다음에 15분짜리 영화를 하나 보았다. 그 영화에서는 지적장애가 있는 언니를 둔 4학년 아이의 나레이션으로 그 자매의 가족생활과 학교생활이 소개되었다.

그리고 드디어 내가 궁금해했던 장애 체험하기 부분으로 들어갔다. 먼저 아이들을 15명씩 소그룹으로 나누어 각기 다른 교실로 들어가게 했으며, 나는 그 중 한 그룹을 맡았다. 각 그룹의 아이들에게 10단계의 지시사항을 빠른 속도로 일러준 뒤 순서대로 해보라고 했다. 그 지시사항은 다음과 같았다.

"의자에서 일어나서, 어깨를 짚고, 한 바퀴 돈 다음, 자기 이름을 거꾸로 말하고, 발을 만지고, 손뼉을 치고, 자기 이름을 말하고, 깡충 두 번을 제자리에서 뛰고, 의자를 치고, 자리에 앉으세요."

아이들은 보통 세 단계 정도를 한 뒤 겸연쩍은 표정으로 잘 모르겠다고 했다. 그러면 나는 그때의 심정이 어떤지 물어보았다. 아이들은 "당황스럽고, 쫓기는 것 같고, 창피하고…"라고 했다. 그것이 바로 지적장애를 가진 사람들이 느끼는 심정이라고 얘기해주고, 한두 팀을 더 시킨 후 순서를 바꾸어 가며 담임선생님과 교생선생님도 참여하도록 했다. 선생님 다음엔 나도 해보았다. 어른들을 참여시키는 이유는 아이들이 그 게임을 하며 느끼는 부담감을 덜어주기 위해서였다. 쉰이 넘은 영한이의 담임선생님은 아이들보다 더 쩔쩔매시더니, 웃으며 너무 어렵다고 했다.

아이들에게 이 열 가지 과제를 해낼 수 있는 방법이 있겠느냐고 물어보았다. 어떤 아이는 좀 천천히 불러주었으면 좋겠다고 하고, 어떤 아이는 한 번에 두세 단계만 불러주었으면 좋겠다고 했다. 그래서 지원자를 골라 다시 해보았다. 천천히 불러주어도 10단계는 여전히 어렵고, 한 번에 한 단계 혹은 두세 단계씩 하면 가능하다는 것을 알게 되었다.

게임 후, 아이들과의 토론이 시작되었다. 실제로 지적장애가 있는 친구들이 학교에서 공부를 하면서 과제물을 마칠 수 있도록 어떻게 도와줄 수 있겠느냐고 했더니, 직접 시범을 보여주는 것, 시간이 걸리더라도 기다려주는 것, 실수를 하더라도 누구나 그럴 수 있다고 용기를 북돋아주는 것 등 아이들은 아주 진지하게 여러 가지 방법을 생각해냈다. 그리고 장애가 있는 사람이라 할지라도 원하지도 않는데 뛰어들어 도움을 주는 것은 어쩌면 그 사람을 존중하지 않는 것일 수도 있다는 말을 하는 아이도 있었다.

이것은 영한이의 담임선생님이 한 말인데, 요즘 같은 초고속시대에 우리는 인내심이 부족하기가 쉽다면서, 은행에 가서 보면 가끔 지적장애가 있는 듯한 사람이 현금 인출기 앞에서 꾸물거리면 뒤에 있는 사람이 불평을 한다는 것이다. 이 말을 들으며 내가 처음 미국에 와서 매사에 서툴러서 당황했던 일이 생각났다.

장애를 이해하기 프로그램을 마무리하며 이것을 하는 동안 아이들이 느낀 점을 이야기해보라고 했는데, 그 중 한 아이의 말이 유난히 내 가슴을 찡하게 했다. 그 아이는 아주 영리하게 생긴 영한이 친구 중 하나였는데, 자기는 학습장애가 있는데 자기보다 더 큰 어려움을 겪는 사람이 있다는 걸 알게 되었다고 했다.

장애가 있는 아이들과 함께 통합교육을 하면 장애아뿐 아니라 장애가 없는 아이들에게도 도움이 된다고 들었다. 우리들 중 정도의 차이는 있더라도 장애가 없는 사람이 있을까. 나는 미국에 와서 살면서 그것을 절감한 적이 많았다. 영어가 서툴러서도 그랬고, 키가 작아 가게에서 선반에 있는 물건을 꺼내지 못할 때도 그랬고… 어찌나 서투르고 모르는 게 많던지 장애인들이 이런 심정이겠구나 하는 생각을 자주 했다. 그런데 어쩌면 나는 한국에 살았어도, 길눈이 어두워 운전을 하다 잘 헤매고 매사에 형광등인 편이라 그런 생각이 들었을 것이다.

　장애를 이해하기 프로그램은 장애인뿐 아니라 그곳에 참여한 아이들 하나하나 그리고 우리 모두를 위한 것이라는 생각이 들었다. 이런 프로그램을 경험하게 되면, 자신의 주변에 부족함이 있는 사람들을 좀 더 배려하며 살게 될 것이다. 그리고 무엇보다, 자신의 부족함을 긍정적으로 받아들이는 건강한 삶을 살아가는 데도 도움이 될 것 같다.

+++ 이 글은 지금 대학에 간 둘째 아이 영한이가 초등학교 4학년이던

2002년에 써 두었던 글이다. +++

무대에 서는 일

오늘 아침 우리 집 자동차가 고장이 나서 전철을 타고 진한이를 직장에 데려다 주게 되었다. 우리는 전철을 탈 일이 많지 않아 진한이는 여행이라도 가는 것처럼 좋아했다. 하지만 나는 가기 전에 몇 가지 주의사항을 얘기했다. 우선 내리는 역이름과 그 역이 우리 집에서 몇 정거장인지를 알려주고, 지하철에서 큰소리로 얘기하지 않는 것쯤은 알고 있지만 그렇다고 다 큰 총각이 엄마 얼굴에 바짝 다가와서 속삭이지 말라고 하고, 흥미로운 사람이 있더라도 빤히 쳐다보지 말고, 예를 들면 튀는 옷을 입었다든가 예쁜 아가씨라 해도 말이다.

이제 성인인 진한이는 같이 다녀도 아무 불편함이 없다고 생각하고 있지만, 이럴 때는 아직도 신경이 좀 쓰인다. 오늘처럼 전철이나 버스를 탄다든지, 우체국에서 줄을 서 있어야 한다든지… 말하자면 낯선 사람이 바로 코 앞에 있게 될 때이다.

　장애아의 부모는 아이가 되도록 남의 시선을 받지 않기를 바란다. 진한이는 10살이 지나고부터는 많이 차분하고 성숙해져서 나는 다른 사람과 별반 다르게 보이지 않을 거라고 생각하고 있었다. 그렇게 몇 년을 지내고 있었는데, 10여 년 전, 우리 가족이 서울을 방문해서 덕수궁엘 갔다가 그 생각이 바뀌었다. 표를 파는 사람이 진한이를 보자마자 장애인은 무료라고 했다.

　지금은 많이 편안해졌지만, 진한이가 어렸을 때는, 그 시선이 불편해서 어쩔 줄 몰랐다. 조명은 비추어졌고 사람들은 나를 쳐다보고 있는 듯한데, 무대에서 내 역할을 제대로 하지 못하고 얼굴을 붉히며 땀을 뻘뻘 흘렸다. 늘 그 역할은 얼떨결에 내게 맡겨진 것이었고, 나는 무엇을 어떻게 해야 할지를 몰랐다. 그러다 막이 내리고 나면 민망하고 화가 나기도 했다.

　얼마전에는 뉴욕 가는 길 고속도로 휴게소의 화장실에서 또 이런 일이 있었다. 그때 마침 사람이 많아 줄을 길게 서서 기다리고 있었는데, 몸은 엄마만큼 큰 여자아이가 줄을 서 있지 못하고 도망가려는 걸 엄마가 붙들고 있었다. 그리고 아빠까지 화장실 밖에 서서 "화장실 먼저 가고"라고 말하면서 서 있었다. 그 어머니는 바로 뒤에 서 있는 나를 보며 "미안합니다. 아이가 자폐증이 있어서요"라며 양해를 구했다. 진한이는 그 나이쯤에는 눈에 띄는 행동을 하지 않게 되었는데, 자폐증이 있는 아이의 경우에는 부모들이 더 어려움을 겪는 것 같아 안쓰럽다.

나는 진한이와 함께 다니면 무대에 선 연기자라는 생각이 들곤 한다. 하긴 꼭 장애인이나 그 부모가 아니더라도 인생을 연극이라고 하지 않는가. 누구건 외출을 할 때는 옷을 바꿔 입고 집에서 혼자 있을 때와는 다른 행동과 말을 하게 된다. 배우가 아니더라도 우리는 하루에도 몇 가지 다른 역할을 하게 된다. 자녀, 부모, 직장인, 친구, 배우자 등등 어떻게 보면, 남의 시선을 의식하는 일은 불편하긴 하지만 그걸 부정적으로 볼 것만도 아니다. 그것은 우리가 다른 사람과 잘 어울려 살기 위해 꼭 필요한 것이라고 할 수 있다.

장애아를 데리고 부모가 세상으로 나가는 일을 무대에 서는 일과 비교해서 생각해보게 된다. 태어날 때부터 무대체질인 사람도 있지만, 보통 처음엔 불편해도 자꾸 무대에 서다 보면 편해진다. 무대 공포증이 있다면 이렇게 하라고 한다. 우선 자기 역할에 대해 연습을 많이 하고, 그걸 거울 앞에서도 해보고, 일단 무대에 서면 자신감을 가지고 남을 의식하지 말고 자기가 맡은 역에 몰두하라고 말이다. 장애아를 키우는 부모는 자칫 대외 공포증과 같은 증상을 가지기 쉽다. 그것을 극복하기 위해선 무대에 서는, 혹은 카메라 앞에 서는 배우가 연기법을 익히듯 부모와 아이는 사회성 기술을 익혀야 할 것이다.

부모는 아이에게 사회성 기술을 차근차근 가르치며, 어떤 특별한 상황에 대처하기 위해 부모가 상황 이야기 같은 것을 만들어 아이와 함께 연습을 하면 좋다(이 책의 상황 이야기를 참조하기 바람). 『좌충우돌 자폐아 가정』이라는 책에서 수잔은 가족이 모이는 명절에 자폐증이 있는 아이가 이모집에 들어가지 않으려고 몇 시간을 우는 일을 겪었다. 그 뒤로 가족의 모임에 갈 일이 있을 때마다 상황 이야기(그 책에서는 위기 이야기라고 했다)를 만들어 준비했더니 그 문제가 해결되었다. 상황 이야기 말고도, 불편하더라도 아이를 데리고 무대에 서는 기회를 많이 가져야 한다.

명연기자는 '관중이 나를 어떻게 볼까'라는 불안감을 갖지 않을 것이다. 그 대신 그 역할을 잘 소화해내기 위해 노력을 다할 것이다. 장애아의 부모라는 역할도 마찬가지다. 부모로서의 자신감을 가지고 그 역할에 몰두한다면 인생이라는 무대에서 어떤 배우보다 멋진 존재가 될 것 같다.

천상에서 온 각별한 아이

이른 새벽에 잠이 깨어 이 생각 저 생각으로 다시 잠들기가 어려울 때가 있다. 이럴 땐 뒤척이며 누워 있는 것보다 아예 일어나서 책을 보거나 글을 쓰다 보면 마음에 엉킨 실마리가 풀린다. 오늘 새벽엔 책장 구석에 묵혀 두었던 『침몰하지 않는 영혼을 위한 닭고기수프』라는 책을 발견해서 다시 읽게 되었다.

미국사람들은 누가 아프다고 하면 닭고기수프를 끓여준다. 나도 먹어보니, 다른 병에는 어떤지 모르겠지만 영계와 야채를 넣고 푹 끓여 만든 닭고기수프는 뜨끈한 콩나물 국에 고춧가루를 넣어 먹는 것처럼 감기에 그만이다. 실제로 닭고기수프 국물에는 막힌 코를 뚫어주고 가래를 삭히는 성분이 들어 있다고 한다. 그래서 이 책도 닭고기수프라는 이름이 붙여졌고, 마음을 앓는 사람들에게 상당히 효과가 있는 모양이다. 그동안 이 시리즈로 200권이 넘는 책이 만들어졌으니 말이다.

그 중에 내가 오늘 아침에 읽은 것은 『침몰하지 않는 영혼을 위한 닭고기수프』라는 책으로, "인생의 도전들을 극복한 101개의 감동적인 이야기들"이라는 부제가 붙어 있다. 몇 년 전, 어떤 일이 있어 그랬는지 자세히 생각은 안 나지만, 무엇인가 속을 끓이는 일이 있어 서점에 들어갔던 것 같다. 그때 이 책을 발견하게 되었다. 이 책을 펴자마자 이런 구절이 눈에 띄었다.

배는 항구에 정박해 있으면 안전하지만, 그러려고 만들어진 것은 아니다.

오늘 새벽에도 이 구절을 읽으니 '그래 맞다. 인생이라는 게 그런 것이지. 나도 아직 항해가 끝난 것은 아니야'라는 생각이 들었다. 이 책의 등장인물들이 겪는 어려움 중에는 자신이 장애인이 되거나, 장애가 있는 아이를 키우게 되는 부모의 애기가 제일 많다. 아마 이것이 살면서 맞닥뜨리는 제일 힘든 도전 중 하나인가 보다. 그 중 인상에 남는 한 이야기를 소개한다.

1954년, 존과 에드나 부부는 딸 셋을 차에 태우고 이제 18개월밖에 안 된 막내딸을 장애인 기관에 맡기려고 가고 있었다. 막내딸 루스는 다운증후군을 가지고 태어났는데, 그 당시에는 이런 장애아가 태어나면 집에서 키우지 않는 것이 예사였다고 한다. 이 아이들은 온 가족에게 더할 수 없이 큰 짐이 된다고 여겼기 때문에 가족을 위해서도 그 아이를 위해서도 그런 아이들은 따로 수용하는 것이 낫다고 생각했다. 그렇다고 해도 이렇게 아이를 떼놓는 부모의 마음이 어땠을지 짐작할 수 있을 것이다.

존과 에드나도 가슴이 아파 아무 말도 하지 못하고 차 안에서 라디오만 듣고 있었는데, 우연히 라디오에서 존의 어렸을 때 친구의 목소리를 듣게 되었다. 그 친구는 어렸을 때부터 다리가 하나 없었는데, 지금 장애인을 고용하는 단체의 책임자가 되어 있다고 했다. 자신의 어렸을 때 일을 얘기하면서 어머니가 이런 말을 하셨다고 했다.

장애가 있는 아이가 태어날 때가 되면, 하느님은 자문위원들을 모아놓고 신중히 회의를 하여 어디로 보낼지를 의논한다. 이 아이가 갈 곳은 이 아이를 특별히 사랑할 가족이어야 하는데… 우리 가족이 뽑힌 것이지.

그 말을 듣고 있던 아기의 엄마 에드나는 눈물을 글썽이며 남편 존에게 "우리 집으로 돌아가요"라고 했다. 존도 아기의 천진난만하고 아름다운 얼굴을 보며 이 아기가 그 가정에 태어난 것은 하느님의 뜻이며, 라디오를 통해 그 친구의 목소리를 듣게 된 건 우연이 아닐 거라는 생각이 들었다.

그날 밤, 에드나는 미국의 수많은 사람들을 감동시키게 된 "천상에서 온 각별한 아이"라는 시를 쓰게 되었다.

천상에서 회의가 열렸습니다.

"또 아기가 하나 태어날 시간입니다"라고 천사들이 하느님에게 말했습니다.

"이번엔 사랑이 아주 많이 필요한 좀 특별한 아이입니다.

이 아이는 발육도 느리고 뭘 제대로 해내지도 못할 겁니다.

그래서 주위 사람들의 많은 보살핌이 필요합니다.

잘 뛰지도 잘 웃지도 못하고 무슨 생각을 하고 있는지조차도 알기가 어려울지도 모릅니다. 여러 방면에서 제대로 적응도 하지 못해 장애아라고 여겨질 것입니다.

그러니 이 아이를 어디로 보낼지 매우 신중을 기해야 합니다.

우리는 이 아이가 아주 행복한 삶을 살게 되길 원하니

제발 하느님, 이 특별한 아이를 맡을 부모를 골라주십시오.

그 부모는 처음엔 자신의 역할이 무엇인지 잘 알지 못할 것입니다.

그렇지만 그 아이를 키우며 믿음이 굳건해지고 사랑이 깊어갈 것입니다.

그리고 차츰 천상에서 온 이 선물을 보살피는 일이 특혜라는 것을 알게 될 것입니다.

그들에게 맡겨진 이 온유하고 귀한 존재는 천상에서 온 각별한 아이니까요.

그로부터 에드나는 시인으로, 존은 목사로 장애인과 그 가족들을 위해 평생 봉사하는 삶을 살았다.

그 부부는 정년퇴직을 해서도 지적장애가 있는 아이의 부모들이 필요할 때 그 아이들을 맡길 수 있도록 자신의 집을 개방했다고 한다.

집안일 도와주는 아들

건조기에 들어 있던 빨래를 한 소쿠리 가져오니, 진한이는 당연히 자기 일인 줄 알고 내 옆에 앉는다. 나는 우리집 아이들이 집안일 돕는 것을 예사로 여기는데, 집에 손님이 오면 진한이와 영한이가 상 차리고 설거지하는 것을 보고 뜻밖이라고들 한다.

하긴 요즘은 한국은 말할 것도 없고, 미국에서도 아이들이 공부하느라 방과활동하느라 얼마나 바쁜지 집안일까지 돕기는 어려워 보인다. 하지만 사실 그것은 시간보다는 가치관의 문제인지도 모른다. 우리는 중요한 것이 무엇인가를 정함으로써 시간 배당도 그것에 따라 하게 된다.

우리 할머니 세대는 말할 것도 없고 우리 어머니 세대까지만 해도 대부분의 아이들이 집안일을 도우며 자랐다. 하지만 요즘은 많은 아이들이 집안일을 하기는커녕 공주나 왕자처럼

어렸을 때 집안일을 도우며 자란 남자아이들은
그렇지 않은 아이들보다 더 행복하고 직업에 만족하며
사회의 일원으로 적극적으로 참여하며 살게 된다고 한다

자란다. 그리고 남녀평등을 외치는 요즘 같은 세상에도 한국이나 미국 구분 없이 남자아이들은 여자아이들보다 집안일을 덜 하는 것 같다.

나도 첫 아이인 진한이를 키울 때 아이에게 집안일을 시킨다는 것은 생각조차 하지 않았다. 그런데 진한이와 9년 터울인 영한이를 낳았을 때, 나는 미국에서 다시 교육학을 공부하면서 '아이를 위해서 집안일을 시키는 것이 좋겠구나'라는 생각을 갖게 되었다.

집안일은 어렸을 때 해보지 않고 어른이 되어 하려면 그것처럼 힘들고 따분한 것도 없다. 하지만 어렸을 때부터 해 버릇하면, 생활의 한 부분이 되어 거부반응 없이 하게 될 것이다. 어른과 달리 아이는 자기네 놀이보다 엄마가 하는 진짜 일을 따라 하고 싶어 한다. 영한이도 마찬가지여서, 나는 그 아이가 걸음마를 떼면서부터—이건 좀 과장인 것 같지만—하고 싶어 하는 집안일을 하게 했다. 영한이는 비교적 차분한 편이어서 두세 살부터 생선전에 밀가루 묻히기, 화전 부칠 찹쌀가루 동그랗게 빚기, 현관 신발 정리하기 등을 하게 되었다. 그리고 네 살쯤부터는 빨래 개기를 시작했다. 그렇게 하다 보니 지금 고등학생인 영한이는 빨래 개기에 선수가 되었다.

집안일 중, 아이들이 쉽고 재미있게 할 수 있는 것이 빨래 개기인 것 같다. 깨끗하고 보송보송한 빨래를—건조기에서

막 꺼낸 것은 보드랍고 따뜻하기까지 하다—한 소쿠리 마루에 쏟아놓으면, 우리 아이들은, 내가 어렸을 때 온돌방에 이불을 깔아놓고 동생들과 장난치듯 좋아했다.

요즘 부모들은 유아기부터 뭔가를 가르쳐야 한다는 강박관념을 가지고 있는데, 사실 그러기 위해 밖에 데리고 다니지 않아도, 부모들은 집안일을 하면서 어떤 좋은 교사보다 더 잘 가르칠 수 있다. 예를 들어 빨래 개기는 어린아이들이 산수공부하기에 더없이 좋은 활동이다. 언젠가 서울에서 유아 영재교육으로 유명하다는 곳에 구경을 간 적이 있다. 특별한 교구를 사용한다고 해서 무얼까 궁금했었는데, 나는 그것을 보며 어린아이들에게는 그것보다 빨래 개기를 시키는 것이 더 낫겠다는 생각이 들었다.

나는 영한이가 어렸을 때 빨래 개기를 하며 셈하기, 분류하기, 도형 등을 놀이 삼아 가르쳤다. 빨래 더미에서 각 식구들 것을 분류하고, 양말 짝짓기를 하고, 아빠 셔츠는 몇 개? 형 팬티는 몇 개? 어? 5개 빨았는데 왜 3개밖에 없지? 두 개는 어디 갔나? 직사각형 타월을 반으로 접으니 정사각형이 되었네… 그러다 보니 산수공부도 하고, 말하기 공부도 하고, 소근육 발달시키는 데 좋다는 종이 접기처럼 빨래 접기도 했다.

아이들에게 집안일을 시키는 것은 아이들이 커서 집안일을 제대로 할 수 있게 되기까지, 엄마가 도움을 받는다기보다는 일을 더 만들 수도 있다. 하지만 그 순간이 아이에게 중요한 학습시간이라고 생각되면 그것이 값지게 느껴질 것이다. 아이들이 큰 후에 집안일을 시키게 되면 마찰이 생길 수도 있지만, 어려서부터 나이와 적성에 맞는 일을 골라 잘 실행하면 아이들이 무리 없이 받아들이게 될 것이다.

하버드 대학에서 456명의 남자아이들을 중년이 되도록 추적하여 연구한 결과에 따르면, 어렸을 때 집안일을 도우며 자란 남자아이들은 그렇지 않은 아이들보다 더 행복하고 직업에 만족하며 사회의 일원으로 적극적으로 참여하며 산다고 한다.

아이들은 집안일을 도우면서 책임감, 부지런함, 겸손함, 그리고 어리지만 가족의 일원으로 무엇인가에 기여함으로써 자신감을 키울 수 있다. 그리고 그 아이는 자라 아내가 혼자 아이를 돌보며 집안일을 하고 있는데 TV를 보며 누워 있지는 못할 것이고, 자진해서 여러 가지 다른 집안일을 하게 될 것이다. 이 얘기를 들으면, 그렇잖아도 남성의 지위가 추락하는 세상에 아들을 집안일까지 잘하게 키워놓으면 어떻게 되겠냐고 하는 어머니들도 있을 것이다.

그렇지만 앞으로 점점 여성의 사회 진출률은 높아갈 것이고, 남성들은 직장일과 육아와 가사일 가운데서 많은 갈등을 느끼는 아내를 맞게 될 것이다. 아내가 그 복합적인 역할을 편안하게 할 수 있도록 도와주는 남편은 결국 가정을 평화롭게 지키는 아주 현명한 사람이 될 것이다.

한국에서 남편이 정년퇴직을 하고 집에 있게 되어 불평하는 부인들의 얘기를 자주 듣는다. 이제 아이들도 다 키워놓고 외출도 마음대로 하고 집안일도 덜 하면서 지내려고 하는데, 그것이 쉽지 않게 되었기 때문이다. 나는 그 얘기를 들으면서 '남편들이 집안일을 맡아 하면 아무 문제가 없을 텐데…'라는 생각을 하게 된다. 아빠들이 그 나이가 되면, 젊었을 때는 관심이 없던 사람들도 요리 등 집안일에 흥미를 가지게 되는 경우가 더러 있고, 막상 하게 되면 직장일을 하는 습관대로 프로처럼 하게 되기도 할 것이다. 단지 어려서부터 지니고 있던 그 관념이 문제인 것이다.

부인을 사랑하기로 유명한 고등학교 은사님을 얼마 전에 뵈었더니, 몇 년 전 정년퇴직을 하시고 여생을 아내에게 봉사하며 보내고 싶다고 하셔서, 아직도 아름다운 신혼부부처럼 느껴졌다. 두 분이 외출할 때면 아내와 키 차이가 많이 나 걸을 때 보조가 잘 맞지 않아, 아내보고 몇 분 먼저 나가라고 하고, 은사님은 세탁기의 빨래를 꺼내 널어놓고 따라 가면 딱 맞는다고 하셨다.

2011년 6월 28일자, 뉴욕 타임지에 아주 인상적인 기사가 실렸다. 노르웨이가 세계적인 불황에도 영향을 받지 않는 이유를, 그 나라의 지도자들은 "그 나라의 여성들" 덕분이라고 했다. 노르웨이는 여성의 취업률이 미국보다도 높고, 아이의 출생률도 높다. 그럴 수 있는 것은 국가에서 정책적으로 결혼한 여성을 충분히 뒷받침해주기 때문이다. 그 예로, 아기를 낳으면 산모뿐 아니라 아빠도 10명 중 9명이 산후 휴가를 얻는다고 한다.

영한이는 요즘 대학 갈 준비를 하느라 집안일 돕는 일이 많지는 않다. 가끔 빨래 개고, 자기 침대시트 갈고, 저녁상 놓고… 하는 정도다. 대신 진한이는 예전보다 집안일 돕는 일이 늘어났다. 예전엔 집중도 잘 못하고 서툴러서 제대로 하지 못하던 걸 요즘은 곧잘 하니 더 많이 시키게 된다. 손님이라도 오는 날엔 진한이가 없으면 쩔쩔맬 정도다.

진한이가 요즘 빨래 개는 것을 보면 날이 갈수록 나아진다. 영한이에게 형이랑 같이 개라고 하면, 영한이는 진한이가 하는 것을 보다 못해 자기가 다 갠다고 한다. 나는 원래 그렇게 깔끔한 성격이 못 돼서 진한이가 매끈하게 개지 못한 빨래도 그냥 서랍에 갖다 넣으라고 한다. 속옷이야 구겨져도 누가 보는 것도 아니고 요즘은 겉옷도 구깃구깃한 걸 패션이라고 입고 다니니 신경이 덜 쓰인다. 내가 그래 버릇하니, 남편은 서울에 계신 어머니가 우리 집에 방문해서 다려놓은 것처럼 정성스레 속옷을 개는 걸 보고 그렇게 힘들여 하지 않아도 된다고 한다.

오늘은 마침 한가해서 진한이에게 빨래 개는 법을 제대로 가르쳐보았다. 어느 집이나 다 그렇겠지만 우리 집 빨래 중 제일 많은 것이 속옷과 수건이다. 진한이는 수건은 이제 그런 대로 잘 개니까 귀를 좀 더 잘 맞추라고 일러주고, 러닝셔츠는 먼저 양쪽 팔을 접어넣고, 몸을 반으로 접어서 이렇게 쓰다듬고… 그랬더니 진한이는 웃으며 할머니도 그렇게 하시더라고 했다. 진한이는 신기하게도 빨래 한 바구니를 다 갤 때까지 옆에 앉아 있다. 진한이가 어떻게 이렇게 차분해졌나… 나는 감탄사가 절로 나왔다.

진한이는 빨래 개기뿐 아니라 다른 집안일도 돕는다. 내가 저녁을 지을 때는 식기세척기에 있는 그릇을 꺼내 찬장에 넣는다. 그리곤 상 차리는 일을 한다. 행주를 짜서 상을 닦으라고 하면, 아직 한 번 더 물기를 짜라고 일러주어야 한다. 그런 후에 접시와 수저를 갖다놓는다. 이 일을 할 때마다 나는 "우리 식구가 몇 명이지?" "그래서 숟가락이 몇 개 필요하니?"라고 진한이에게 물어본다. 몇 년을 그렇게 했더니 요즘은 그 숫자가 잘 맞는 편이다. 진한이는 그쯤 하다 말고, 혼자만 하는 것이 억울하다는 생각이 드는지, 방에서 공부를 하고 있는 영한이를 부른다. 그러면 영한이는 물컵이랑 주전자를 갖다놓는다.

몇 년 전 이웃에 있는 그룹홈을 보러 갔더니, 그 집을 관리하고 있는 분이 당장 진한이를 내보내지 않더라도 미리 자기 침대시트 가는 일 등을 배우게 하면 좋겠다고 했다. 그 후부터 진한이는 매 주말 자기 침대시트를 갈고 베갯잇 가는 일을 한다. 처음엔 베갯잇 가는 것도, 시트를 가는 일도 쉽지 않았다. 침대시트의 긴 쪽 짧은 쪽을 구분하지 않고 끼워 안 끼워진다고 계속 잡아당기고 있곤 했다. 그래서 긴 줄무늬가 있는 걸 샀더니 구분하기가 훨씬 쉬웠다. 얼마 전, 진한이가 자기 침대시트를 혼자 갈고 내게 보라고 뛰어왔는데, 나는 그 아이가 백 점짜리 시험지를 들고 온 것처럼 기뻤다.

진한이가 이제 성인이 되니, 혼자 나가 사는 준비를 시켜야 한다는 의무감도 날이 갈수록 더해진다. 그래서 나는 진한이가 집안일을 점점 더 많이 그리고 제대로 잘할 수 있도록 신경을 쓴다. 진한이가 이렇게 하나씩 집안일을 배워가니, 요즘 나는 농담 반 진담 반 진한이 없으면 살림을 못한다고 한다. 그러니 남편과 내가 나이가 많이 들 때까지 진한이와 같이 살게 되더라도 불편함이 없을 것이고, 그러다 그룹홈 같은 곳에 나가 살더라도 우리는 걱정이 덜 될 것이다.

+++ 이 글은 2010년 미주 한국일보에 실렸던 것을 다시 쓴 것이다. +++

심각한 영화 보기

신문에서 '행복의 추구'라는 영화제목을 보았을 때, 요즘 이렇게 진부한 제목의 영화도 다 있나 피익 하고 웃었다. 그런데 사실 내 취향에는 꼭 맞는 제목이라 보고 싶었다. 그리고 진한이에게도 같이 가겠냐고 물어보았다.

진한이는 자다가도 벌떡 일어날 정도로 영화를 좋아해서 예상했던 대로 대뜸 가겠다고 했다. 그리고 늘 시중에 무슨 영화가 개봉되고 있는지 꾀고 있어서 이 영화 제목도 벌써 알고 있었다. 자기는 영화면 뭐든지 다 좋아한다고 하지만 내가 보기에는 아이들 영화를 제일 좋아하는 것 같다.

진한이가 제일 좋아하는 영화 중 하나가 피터팬이다. '어른이 되기 싫어하는 피터팬과 진한이는 뭔가 통하는 게 있어 그런가'라는 생각이 든다. 피터팬 영화는 후크 선장 어쩌구, 팅커벨 어쩌구 하며 각색한 것들까지 나올 때마다 극장에 가서 보고 그 비디오도 사다놓고 보고 또 본다.

이렇게 영화를 좋아하는 진한이 때문에 나는 젊은 아이들만큼 자주 극장에 가게 된다. 때때로 내가 보고 싶은 것을 볼 때도 있지만 대부분 진한이가 좋아하는 영화를 보게 된다. 다른 젊은이들처럼 진한이도 사람들의 입에 오르내리는 영화는 다 보고 싶어 하는데 내용이 너무 복잡하거나 무섭고 찜찜한 종류의 영화는 되도록 피한다.

'행복의 추구'는 진한이가 같이 가겠다고는 했지만, 지루해서 제대로 앉아 있을까 은근히 걱정이 되었다. 그래서 신문에 나와 있는 줄거리와 평을 읽어주고 그래도 보겠냐고 물었더니 그러겠다고 했다. 우연히, 그 다음날 슈퍼마켓에 장을 보러 갔는데 진한이가 잡지 한 권을 사겠다고 해서 고르라고 했더니 영화잡지를 집었다. 그 잡지 겉면에 '행복의 추구'에 주인공으로 나오는 윌 스미스가 나와 있었다. 진한이는 그걸 발견하고는 싱글벙글했다. 집에 와서 우리는 그 잡지를 읽기 시작했다. 윌 스미스는 그 영화의 주연뿐 아니라 그 영화의 감독까지 맡아 화제가 되었다. 그 잡지에는 어떻게 그 영화를 만들게 될 동기를 얻었으며 어떻게 그 영화가 만들어졌는지, 세 페이지 빽빽이 적혀 있었다. '행복의 추구'는 실직을 해서 거지가 되다시피 한 어떤 아버지가, 아내도 도망을 가고 혼자 아들을 키우며 다시 일어나 성공하게 된 실제 이야기를 담은 영화다. 이

기사를 읽고 윌 스미스가 감동하여 영화를 만들 결심을 하게 되었다고 한다. 이 영화에는 윌 스미스가 자기 아들을 데리고 출연한다.

그 영화를 보러 간 날은 공휴일이었다. 겨울비가 부슬부슬 내리는 을씨년스러운 오후에 극장에 도착하니 주차장에는 빈자리가 없었다. 몇 바퀴를 돌다 멀찌감치 길가에다 주차를 하고 걸어갔다. 나는 모자가 달린 코트를 입고 있어 괜찮았지만 진한이는 찬 비를 맞게 하니 미안했다. 주차장에 빈 자리는 없어도 이 영화를 보는 사람은 많지 않았다. 여러 영화를 상영하니 모두 다른 영화를 보러 간 모양이었다. 진부한 제목의 영화라서 아무래도 인기가 없었던가 보다. 화장실에 갈 것을 대비해서 바깥쪽 두 자리를 잡았다.

영화는 예상대로 상당히 심각했고 진한이는 긴장해서 내 손을 잡기도 하고 도대체 무슨 일이냐고 물었다. 나는 진한이의 귀에 대고 간단하게 설명을 해주긴 했지만 영화가 반 정도 지나자 아무래도 나갔다 와야겠다는 생각이 들었다. 진한이에게 화장실에 가겠냐고 했더니 마침 그러자고 했다. 밖으로 나오니 진한이의 질문이 쏟아졌다. 나는 그동안의 내용을 설명하고 우리는 다시 극장 안으로 들어갔다. 우리는 극장 중간쯤 앉아 있었는데 뒤쪽을 보니 텅텅 비어 있어 그곳으로 옮겨 사람들과 멀찌감치 떨어져 앉았다. 거기서는 주위 사람들을 신경

쓰지 않아도 되니 진한이가 물어보는 대로 편안히 설명을 해 줄 수가 있었다. 왜 엄마가 아이와 남편을 두고 떠났는지, 왜 그 아빠는 감옥에 갔는지, 왜 일하는 동안 화장실에도 가지 못 했는지, 왜 그 주인공은 늘 뛰어다녔는지 등등.

감동적이고 해피엔딩인 영화이긴 했어도 우울한 장면이 많 고 너무 심각한 내용이어서 영화를 보면서 내내 '진한이를 괜 히 데리고 왔나' 하는 생각이 들었다. 나 혼자 영화 보러오는 것이 좀 불편해도 그렇게 할 걸, 아니면 DVD가 나올 때까지 기다릴 걸.

진한이는 집으로 오는 차 안에서도 그 영화에 대한 질문이 끊이지 않았다. 나는 진한이의 질문에 대답을 하면서 '진한이 를 데리고 심각한 영화를 보는 것도 나쁘지는 않구나'라는 생 각이 들었다. 직접적인 경험이 제한되어 있는 진한이에게 심 각한 영화감상은 진한이를 성숙시키는 좋은 간접경험이 될지 도 모르니까 말이다.

+++ 이 글은 2006년에 쓴 것이다. +++

나는 형을 좋아합니다.
형은 내게 잘해줍니다.
그에게 장애가 있지만
내게는 별로 상관없습니다.
형은 모든 사람에게
좋은 친구가 됩니다.
아마 그는 짐일지도 모르지만,
도움일지도 모르겠습니다.

형이 된 동생

둘째 아이 영한이를 만나러 시카고에 다녀왔다. 영한이는 두 해 전 시카고에 있는 대학에 입학을 하여 그곳 기숙사에 살고 있다. 명절이나 방학 때 집에 오지만, 그래도 이제는 그 아이의 집이 된 곳에서 어떻게 살고 있는지 보고 싶을 때가 있다.

결혼하기 전까지는 부모의 집에 사는 것이 예사인 한국과는 달리, 미국에서는 아이가 대학에 가게 되면 새 둥지를 떠난다고 표현한다. 이제 제 날개로 훨훨 날아 넓은 세상으로 간 아이… 집 떠난 자녀에 대해 부모들이 대개 그렇게 느끼겠지만, 나는 영한이가 막내라서, 그런데도 맏이 역할을 하던 아이여서 더 안쓰러운 생각이 든다.

영한이는 진한이를 낳은 후 9년이나 망설이다, 내 나름대로는 심사숙고하여 낳은 아이다. 우리 부부에게는 좋은 일이었지만, 그리고 진한이에게도 그랬으리라 생각하지만 영한이에게는 어땠을까라는 생각을 요즘 부쩍 많이 하게 된다.

그 마음을 좀 알고 헤아리고 싶어서, 이번 여행가방엔 그동안 묵혀 두었던 『이건 공평하지 못해요*It Isn't Fair!*』라는 책을 넣었다. 이 책에는 1972년 어느 날, 청각장애, 자폐증, 신체장애, 지적장애가 있는 형제를 둔 네 명의 대학생들을 인터뷰한 내용이 실려 있다. 그리고 그 젊은이와 같은 상황에 있는 아이들에게 특별한 관심을 가지게 된, 새로운 영역의 선구자라고 할 수 있는 슈라이버Schreiber 교수의 강연 내용도 실려 있다.

장애가 있는 형제를 둔 네 명의 젊은이는 이 인터뷰를 통해 자신들의 경험과 감정을 처음으로 솔직하게 얘기하게 되었다고 했다. 그들은 어려서 그 상황을 제대로 이해하지 못하는 데서 오는 혼동에서부터, 장애가 있는 형제를 보살피느라 자신에 대한 부모의 손길이 부족한 데 대한 불만, 그것에 대한 죄책감, 그 형제가 놀림을 당하는 것을 보았던 일, 십대에 느꼈던 부담스러움, 성인이 되면서 그 유전인자를 가지고 있을지도 모른다는 불안감과 부모가 떠나고 난 뒤 져야 할 책임 등을 얘기한다. 그리고 그것들은 쉽지는 않았지만 자신들의 삶에 바람직한 영향을 주었다고 그 젊은이들은 결론 짓는다.

슈라이버 교수는 '잊혀진 아이들'이라는 제목의 강연에서 이렇게 말했다.

장애가 있는 아이의 존재가 그 아이의 부모는 물론, 정상
아인 형제 자매들에게도 어떤 문제를 가져다주는 것은 분
명합니다. 하지만 그 가정이라는 현장의 모든 등장인물,
즉 부모, 장애가 있는 아이, 그리고 그 아이의 형제 자매
들은 그 가정 안에서 새로운 역할과 관계를 창조해내고
새롭게 함으로써, 그리고 다른 사람들이 가지고 있는 인
간애와 공동체 개념을 넓히도록 노력함으로써, 특별한 애
정과 연대감을 키울 것입니다.

이 책을 이번 여행에 가지고 가길 참 잘했다. 이 책에 나오
는 젊은이들의 얘기를 들으며 영한이를 좀 더 이해하게 된 것
같다. 영한이는 말이 많지 않아 그 아이가 진한이와 함께 자라
며 어떤 생각을 했는지, 그것이 긍정적이었는지 부정적이었
는지 잘 알 수가 없다. 하지만 대학에 가기 전 형과 함께 한 삶
에 대해 심각하게 생각해볼 기회가 있었다는 것은 알고 있다.
미국에서는, 아이들이 대학에 갈 때 필수적인 입시 전형서류
로 에세이를 제출하게 된다. 그 에세이로 아이의 됨됨이를 보
자는 학교 측의 의도는 그럴듯하지만, 학생 측에서 보면 자칫
자신의 진짜 모습보다는 보기에 그럴듯하고 눈에 띄는 독특한
글을 써야 한다는 부담감이 크다. 영한이는 그 에세이에 처음
엔 자기가 흥미를 가지고 있는 음악에 대한 에세이를 썼다가

너무 무난하다는 평가를 받았고, 학교 측에서 제시한 것이 특별한 형과의 관계였다. 나는 영한이가 그 얘기를 대학에 가기 위해 쓰는 것이 결코 쉽지는 않았을 것이라고 짐작한다. 그리고 그 제목이 '형이 된 동생'이라는 것밖에 알지 못한다. 그런데, 어쩌면 그 꺼내기 불편했을지도 모르는 이야기들을 쓰며, 집을 떠나기 전에 정리해볼 수 있었던 나쁘지 않은 기회였다는 생각도 든다.

나는 그 에세이는 읽어 보지 못했지만, 영한이가 초등학교 3학년 때 쓴 '내 형'이라는 글짓기를 읽은 적이 있다.

(중략)… 나는 형을 좋아합니다. 형은 내게 잘해줍니다. 그에게 장애가 있지만 내게는 별로 상관없습니다. 형은 모든 사람에게 좋은 친구가 됩니다. 아마 그는 짐일지도 모르지만, 도움일지도 모르겠습니다.

그땐 아직 어려서 뭔지 꼭 집어 얘기할 수는 없지만 막연히 그런 느낌이 들었는지, 아니면 그런 결론을 내려야 하나 보다라는 생각이 들어 그렇게 썼는지도 모르겠다.

진한이는 때로는 영한이를 불편하게 했을지도 모르지만, 9살이나 어린 영한이를 무척이나 귀여워했다. 그리고 무엇보다 진한이는 형이 되면서 눈에 띄게 성숙해졌다. 혼자 자라던 아이가 동생을 보는 일은 두 번째 부인을 들이는 것과 같다고까지 표현하기도 한다. 진한이는 그때도 순하고 잘 웃는 아이였는데 처음 내가 영한이를 안을 때 얼굴 표정이 굳어진 적은 있지만, 한 번도 그것을 시샘하는 행동은 한 적이 없었다. 그렇게 진한이는 오랫동안 혼자 독차지하던 부모의 사랑을 나누며, 의젓한 형이 되었다. 영한이가 태어나자 내가 그전처럼 진한이를 일일이 돌봐줄 수가 없어서, 할 수 없이 진한이는 밥 먹고, 옷 입고, 놀고 하는 일들을 혼자서도 하게 되었다. 게다가 진한이는 그전까지만 해도 손을 잡지 않으면 이러저리 뛰어다녀 길을 걸어다닐 수도 없었는데, 자기 생각에도 내가 아기의 유모차를 밀어야 한다는 것을 알아차렸는지, 내 손을 잡지 않고도 길을 걸을 수 있게 되었다.

진한이는 영한이와 함께 그림책도 읽고 농구도 하고 영한이 친구가 오면 같이 놀기도 하고—다행히 영한이의 친구들은 모두 어려서부터 통합교육을 받고 자라 영한이는 진한이 때문에 불편함을 느끼는 것 같지는 않았다—아홉 살이나 차이가 나는 동생이지만 친구처럼, 형처럼 그렇게 자랐다. 그러면서도 진한이는 영한이가 귀엽다고 자주 머리를 쓰다듬어 주었다.

영한이는 어렸을 때부터 진한이 운동화 끈도 묶어주고 그림책도 읽어주었다. 그러다 초등학교에 들어가게 되니, 형이 할 일을 왜 자기가 하냐고 투정도 하고, 사춘기가 되면서는 진한이가 밖에서 얼굴 뜨거운 일을 한다고 화를 내곤 했다. 그러다 고등학생이 되니, 뜻밖에도 진한이 생일이라고—진한이가 제일 좋아하는 게 영화니까—혼자 진한이를 극장에도 데리고 갔다.

형제 없이 장애아 하나를 키우고 있는 어떤 아버님이 내게 둘째를 보아야 할지 어떨지 모르겠다고 물으신 적이 있다. 그 해답은 그 부모님밖에 알지 못할 것 같다. 형제가 있건 없건, 그것보다는 부모님이 어떤 마음으로 아이를 키우느냐에 따라 아이의 행복이 결정될 것이다. 주위에 보면 장애아 하나를 보물처럼 키우며 행복한 표정으로 사는 사람도 있고, 장애가 있는 아이 두셋을 잘 키우는 부모도 있다. 그리고 물론, 그 장애가 있는 아이 때문에 불행하다고 느끼는 부모도 있을지 모르겠다. 어떤 가정이건 아이들은 선택의 여지없이 부모가 이끄는 대로 그 가정에서 살게 된다. 장애가 있는 자녀를 피할 수 없는 큰 짐으로, 아니면 더없이 귀한 선물로 받아들이는 부모의 태도를 아이들은 그대로 받아들이게 될 것이다.

예전엔 미국에서도 정상인 형제들이 받을 고통을 우려하여 장애가 있는 아이들은 장애인 기관에 보내 따로 길러졌다. '레인맨Rain Man'이라는 영화에 보면, 톰 크루즈가 맡고 있는 주인공은 아버지가 돌아가신 뒤 모든 유산이 형(더스틴 호프만이 그 역을 맡았다)에게 상속된다는 서류를 보고서야 형이 있다는 것을 알게 된다.

가족이건 사회건 숨겨진 일원이 있으면 결국, 모두가 수치심과 죄책감으로 고통을 받게 된다고 한다. 마틴 루터킹 주니어는 고통받는 일원이 있는 사회에서는 누구도 진정으로 행복할 수 없다고 했다. 그건 가족 안에서는 말할 것도 없다.

나는 어떤 부모로서 우리 가정을 꾸려갔는지 생각해보게 된다. 부모는 자녀를 모든 어려움으로부터 보호하고 싶어 하지만, 누구의 삶도 완벽하지 않다는 것을 인정해야 한다. 부모가 자녀에게 줄 수 있는 선물은 아마도 부족하기는 해도 좌절하지 않고 사랑과 희망으로 삶을 다듬어가는 모습인지도 모르겠다.

출가시키기

미국 아이들은 만 18세가 되면 법적으로 성인이 되어 부모의 집을 떠나는 것으로 여긴다. 미국은 크기가 한국의 93배나 된다니 그만큼 이동하는 폭도 넓어지겠지만, 설사 부모가 사는 이웃에서 대학을 다니거나 취직을 하더라도 부모와는 같이 살지 않으려고 한다.

장애인인 경우에도 만 18세가 되면 부모의 집을 나와 그룹홈에서 사는 경우가 많다. 그룹홈은 동네의 개인 주택이나 아파트에 소수(6명 이내)의 장애인이 함께 사는 것을 말한다. 그 집에는 장애인뿐 아니라 그 장애인들을 보살펴주는 사람이 상주하며 대부분 정부의 보조를 받는다.

진한이는 25살인데도 아직 우리 가족과 함께 살고 있다. 나도 진한이가 18살이 되었을 때 출가시키는 일을 심각하게 고려해보았다. 진한이 학교 선생님은 여느 부모처럼 내가 그 일로 고민하고 있는 것을 아시곤 DVD를 하나 빌려주셨다. 장애가 있는 아이를 출가시킨 부모와 출가시키지 않고 함께 데리고 사는 부모들을 인터뷰한 내용이었다.

지적으로 어린아이와 같은 자식을 나가 살게 하면 누가 부모처럼 잘 보살펴줄까 걱정스러워 내보내지 못하는 부모가 있는가 하면, 장애가 있더라도 부모가 데리고 있기보다는 자식을 위해 내보내야 한다는 부모도 있었다. 그 DVD를 보고 나니, 미국 부모들도 모두 내보내는 것은 아니구나 싶어 마음이 놓였지만, 한편으론 진한이를 진정으로 위한다면 내보내야 하는 것이 아닐까 하는 갈등이 머리에서 떠나지 않았다.

장애인 단체를 통해 만난 어느 미국인 부인이 자기 아들은 고등학교를 졸업할 때 한 반에 있던 친구들과 함께 그룹홈에 나가 살고 있다고 해서 그 부인을 초대해서 만나기도 했다. 그 아들은 진한이와 비슷한 장애가 있는데, 진한이보다는 열 살이 많았다. 나는 그 부인에게 출가시키는 데 따르는 여러 가지 걱정스런 일들을 물어보았다. 얼마나 자주 가서 보느냐, 아프면 누가 돌봐 주느냐, 전철을 타고 혼자 다닌다는데 그 아이를 처음 내보낼 때 겁이 나지 않았느냐, 그 아이의 생활비는 얼마나 드느냐 등등….

그 부인은 아들을 한 달에 한 번 정도 방문하며, 그 아들 방이 발 디딜 틈이 없을 만큼 어질러져 있어도 이제는 치워주지 않는다고 했다. 그리고 그 아들은 자기 집에 오더라도 그룹홈에 있는 자기 집에 어서 가고 싶어 한다고 했다. 그 아이를 처음 기차에 태워 보냈을 때 그 불안한 마음이란 이루 말할 수 없었다고 한다. 한 번은 그 아이가 길을 잃은 적도 있었는데 누가 그 아이를 도와주었다고 한다.

아무리 아이에게 도움이 된다 하더라도 한국에서 자란 내 남편과 내가 진한이를 그룹홈에 보낸다는 것은 쉬운 결정이 아니었다. 진한이가 18살이 되었을 때는 둘째 아이 영한이가 대학에 갈 때인 한 9년 뒤쯤으로 미루어 보자고 했는데, 어느새 그때가 되었다. 그런데 지금은 진한이를 출가시키는 일로 더 이상 갈등을 하지 않게 되었다.

우리 부부는 미국에 산다고 해서 꼭 모든 것을 그 문화에 따라야 한다는 압박감에서 벗어나기로 했다. 한국에서는 미국과 달리 아이들이 결혼하기 전까지는 부모와 함께 사는 것이 보통이다. 그리고 결혼해서도 부모와 함께 살기도 한다. 그것이 좋은지 안 좋은지는 그 사실만 가지고 결정짓기가 어려운 일이다. 나는 가족 구성원들이 조화를 이루어 잘 지낼 수만 있다면 핵가족보다는 대가족이 나을지도 모른다는 생각을 한다.

어른이 다 된 자녀를 데리고 사는 일은 자녀에게 좋고 나쁘고를 따지기 전에 여간 어려운 일이 아니다. 진한이는 성인이 되었어도 그런 갈등이 없으며, 해가 갈수록 함께 사는 것이 수

월해진다. 이제는 돌봐주어야 하는 어린아이가 아니라, 편한 룸메이트 같은 느낌이 든다.

진한이는 고집스럽지도, 철이 없지도 않다. 먹고 자고 입고 하는 일상생활을 하는 데 손이 가지 않는다. 자명종 소리를 듣고 깨서, 세수하고 이 닦고 옷 갈아입고 아침 먹고 도시락 챙기고, 일을 하러 가면 오후 4시나 되어 집에 온다. 집에 오면 혼자 간식을 꺼내 먹고 음악도 듣고 TV도 보고 신문 잡지도 뒤적이고 피곤하면 낮잠 자고 집안일도 돕는다. 내가 장을 보러 갈 때는 함께 가서 카트를 밀어주고 장바구니를 들어준다. 저녁을 지을 때는 식기세척기에서 그릇을 꺼내 찬장에 넣고 상 차리는 일을 돕는다.

내가 어떤 때 생각 없이 함부로 대하면 영락없이 화를 내긴 하지만, 그런 일은 내가 조심하면 생기지 않는다. 진한이는 사람을 좋아하고, 얘기하는 것, 여행가는 것, 영화 보는 것, 음악회 가는 것, 산책하는 것 등을 즐긴다. 무엇보다 건강하고 내가 만드는 음식을 가리지 않고 잘 먹으며, 밤 10시면 잠자리에 든다. 진한이는 나무랄 데가 없는 아들이며, 우리 남편과 내게 더 없이 좋은 동반자다.

지금부터 한 10년 후, 남편과 내가 예순이 좀 넘고, 진한이가 서른다섯쯤 되면 그때는 아마 더 철이 들 것이고, 우리도 좀 더 자연스럽게 진한이를 출가시키게 될 것 같다. '베스트

보이Best Boy'라는 영화가 있다. 그 영화는 부모가 꼬부랑 할아버지 할머니가 되어 더 이상 보살필 수 없어 아들을 내보내기로 하는 내용인데, 우리 남편과 나는 그렇게까지 되도록 진한이를 데리고 있지는 않을 것이다.

우리가 너무 늙고 병들어 어쩔 수 없을 때 출가시키는 것보다는 우리가 아직 건강할 때 출가시켜, 얼마간은 혼자 사는 일을 지켜봐주는 것이 그 아이를 위하는 일이라는 것을 알고 있기 때문이다.

+++ 이 글은 2008년에 쓴 글이다. +++

한 오십쯤 되면

아침 출근 길에 자주 만나는 토비라는 낯익은 얼굴이 있다. 토비는 걸음걸이가 특이해서 아주 멀찌감치부터 알아볼 수 있다. 나는 자동차로 출근을 하고, 토비는 바삐 걸어가기 때문에 토비는 나를 보지 못한다.

토비는 진한이가 스페셜 올림픽에서 농구를 하며 알게 된 사람이다. 토비는 다른 미국사람에 비해 왜소한 편이지만 걷는 모습이 누구보다 활기차고 옷 입은 모습도 아주 발랄하다. 오늘은 빨강과 파랑이 배색된 자켓에 청바지를 입고 있었다. 토비는 우리 집 바로 이웃에 있는 가게에서 일하고 있다.

토비는 멀리서 걷는 모습만 보면 20대 정도로 보인다. 언젠가 스페셜 올림픽에 참가하는 사람들이 모여 있을 때 자기 나이를 말한 적이 있다. 한 사람이 시작하니 통성명이라도 하듯 돌아가며 모두 자기 나이를 얘기했다. 나는 토비의 나이를 듣

고 깜짝 놀랐다. 나보다 두 살이나 많으리라고는 생각지도 못
했다. 그 말을 듣고 자세히 보니 토비는 머리숱도 적고 정수리
가 훤하게 들여다보였다.

오늘 아침 문득, 씩씩하게 걸어 출근을 하고 있는 토비를 보며
진한이도 한 오십쯤 되면 토비처럼 될지도 모르겠다는 희망이
생겼다. 토비는 우리 집에서 멀지 않은 그룹홈에서 네 명의 다른
장애인들과 함께 살고 있다. 네 사람 모두 진한이와 스페셜 올림
픽의 농구팀에 있다. 그리고 토비는 그 그룹홈에서 한 10분 정도
걸으면 갈 수 있는 좋은 슈퍼마켓에서 쇼핑 바구니를 제자리에
갖다 놓는 일을 하고 있다. 내가 좋은 가게라고 하는 이유는 그곳
의 물건이 좋기도 하지만 그곳에서 일하는 사람들이 다른 곳에
비교할 수 없게 친절하고 예의 바르기 때문이다.

토비를 처음 스페셜 올림픽에서 만났을 때 특별히 나의 주
목을 끌던 일이 있었다. 토비는 지갑을 체인에 묶어 주머니에
넣고 다녔다. 그 이유를 물어보았더니, 지갑을 자주 잃어버려
서 체인을 달아 허리 벨트에 연결한 뒤 주머니에 넣고 다닌다
고 했다. 그때 마침 진한이도 지갑을 몇 번 잃어버려 해결책을
궁리하고 있던 참이었다. 그래서 토비에게 그 체인을 어디에
서 샀느냐고 물었더니 자전거 파는 가게에 가면 있다고 했다.

진한이는 아직 우리와 같이 살고 있고 혼자 나가 다닐 수가
없다. 진한이는 길눈이 어두운 편은 아니지만 무엇보다 언어

를 표현하는 능력이 많이 부족하고 주의력이 산만해서 아직은 마음이 놓이지 않는다.

진한이가 토비처럼 오십이 되려면 앞으로 25년이나 남았다. 어쩌면 진한이는 오십이 되기 훨씬 전, 그러니까 앞으로 10년 후쯤엔 토비처럼 될 수 있을지도 모르겠다.

진한이는 그동안 아주 많이 달라졌다. 진한이가 다섯 살 때, 그 뒤로 열 살이 될 때까지도 이렇게 의젓한 청년이 된다는 것은 상상조차 하지 못했다. 진한이가 열 살이 조금 넘었을 때 찍은 비디오를 최근에 본 적이 있었다. 그때만 해도 엉뚱한 행동을 하고 걷는 모습도 얼굴 표정도 지금처럼 자연스럽지가 않았다. 진한이도 그 비디오를 보고 "좀 이상해"라며 멋적은 표정을 지었다.

장애아의 발달이 더딘 것은 타고난 능력이 다르기도 하지만 환경 때문이기도 하다. 아이는 주위에서 기대를 하지 않으면 잘 자라지 않는다. 아무리 장애가 심한 아이도 노력을 기울이면 그 속도가 느리긴 해도, 시간이 갈수록 발전한다. 장애가 있는 아이든 없는 아이든 부모는 어떤 상황에서나 그 아이가 더 나은 사람이 될 것이라는 기대를 버리지 않아야 한다. 그러면 그 아이는 장애가 없는 아이처럼 하루가 다르게 달라지지지는 않더라도, 어쩌면 1년이나 2년 후에는 아니더라도, 10년 20년 더 길게 잡아 한 오십 살쯤 되면 그 빛을 보게 될 것 같다.

　오십을 지천명이라고 하늘의 뜻을 깨달아 알게 되는 나이라고 했다. 그렇게 될 수 있는 사람이 얼마나 되랴마는 누구든 그 나이쯤엔 좀 성숙해지는가 보다. 미국에 와서 두 아이를 키우며 살고 있는 나를 늘 염려하던 한국의 우리 친정 어머니는 이제 오십이 된 나를 보면 걱정이 안 된다고 하신다. 나도 오십이 된 진한이를 보며 그런 생각을 하게 될 것 같다.

+++ 이 글은 2008년에 쓴 글이다. +++

참고문헌

Baker, Bruce L. (2005), *Steps to Independence–Teaching Everyday Skills to Children with Special Needs*, Paul H. Brookes Publishing Co., Inc.

Biddulph, Steve (2002), *The Secret of Happy Children*, Marlowe & Company.

Bruey, Carolyn Thorwarth (2004), *Demystifying Autism Spectrum Disorders*, Woodbine House.

Canfield, Jack & Hansen, Mark V. (1999), *Chicken Soup for the Unsinkable Soul*, Health Communicaiton, Inc.

Carlson, Richard (2000), *Don't Sweat The Small Stuff For Teens*, Hyperion.

Garber, Marianne & Garber, Stephen W. (1996), *Beyond Ritalin*, Villard Books.

Hauerwas, Stanley & Vanier, Jean (2008), *Living Gently in Violent World*, InterVarsity Press.

Kaufman, Barry Neil, *Son-Rise : The Miracle Continues*, 최영희 옮김, 『아들 일어나다』(1994), 열린.

Klein, Stanley D. & Schleifer, Maxwell J. (1993), *It isn't Fair!–Siblings of Children with Disabilities*, The Exceptional Parent Press.

Koegel, Lynn Kern & Koegel, Robert L. (1996), *Positive Behavioral Support − Including People with Difficult Behavior in the Community*, Paul H. Brookes Publishing Co., Inc.

Nouwen, Henri J. M. (1997), *Adam*, Orbis Books.

Nursing Mothers' Council of the Boston Association for Childbirth Education (1989), *Breastfeeding Your Baby*, Avery Publishing Group.

Senator, Susan, *Making Peace with Autism*, 이현진 외 공역, 『자폐아 가정의 좌충우돌 성장 이야기』(2010), 이너북스.

Siegel, Bernie S. (1998), *Love, Medicine & Miracles*, HarperCollins Publisher Inc.

Sigafoos, Jeff & Arthur, Michael (2003), *Challenging Behavior & Developmental Disabilities*, Whurr Publishers Ltd.

Turecki, Stanley (1985), *The Difficult Child*, A Bantam Book.

Pryor, Karen & Pryor, Gale(Karen's daughter) (1991), *Nursing Your Baby*, Pocket Books.

Walker, Pamela M. & Rogan, Patricia (2007), *Make the Day Matter–Promoting Typical Lifestyles for Adults with Significant Disabilities: Moving from Facility–Based Day Services to Integrated Employment and Community Support by Strully, Jefferey*, Paul Brooks Publishing Co.

이민아 (2011), 『땅끝의 아이들』, 시냇가에심은나무.